KB272000

투명하지만
깨지 않는

투명하지만 깨지지 않는

초판 1쇄 발행 2026년 4월 30일

지은이 · 박상아
발행인 · 박윤우
편집 · 김유진 박영서 박혜민 백은영 성한경 유소영 장미숙
마케팅 · 박서연 정미진 정시원 조아현 함석영
디자인 · 박아형 이세연
경영지원 · 이지영 주진호
발행처 · 부키 (주)
출판신고 · 2012년 9월 27일
주소 · 서울시 마포구 양화로 125 경남관광빌딩 7층
전화 · 02-325-0846 | 팩스 · 02-325-0841
이메일 · webmaster@bookie.co.kr
ISBN · 979-11-7578-018-7 03810

※ 잘못된 책은 구입하신 서점에서 바꿔드립니다.

만든 사람들
편집 박혜민 · 디자인 이세연

투명하지만 깨지지   않는

어린이처럼 모든 순간을 사는 법   박상아 지음

부·키

왜 자꾸 잊을까. 다정한 마음으로 세상을 바라볼 때 다정한 상상력을 발휘할 수 있다는 것을. 두려움 앞에 멈춰 있기보다 그냥 뛰어들 수 있는 용기가 내게도 있다는 것을. 모두에겐 각자의 사정이 있고, 사정을 헤아릴 품 넓은 마음과 한마디 말을 건넬 지혜가 있다는 것을. 누군가 믿어 준다면 그만큼 더 멀리 가 볼 수 있다는 것을. 그렇게 남을 믿어 주는 일도 어렵지 않다는 것을. 어린이는 이 모든 것을 알고 있다. 그리고 기꺼이 행동으로 보여 준다. 어린이는 어른이 판단하는 자리에 있지 않다. 상상하고 꿈꾸며 스스로 마련한 자리에 있다.

이 책엔 그런 어린이들에 관한 이야기가 가득하다. 박상아의 섬세하고 따듯한 시선을 따라 읽으며 어린이와 마음을 주고받는 일이 세계를 한 뼘 넓히는 일이 된다는 것을 알았다. 함께 살아가는 일이 삶을 이토록 빛나게 한다는 것도. 이 책을 읽고 나면 당신의 세계도 조금은 다르게 보일 것이다.

•안미옥(시인)

네 살배기 제 아들과 놀다 보면 이런 생각이 듭니다.

'참 겁도 없구나. 그런데 편견도 없구나.
그래서 자유롭구나.'

이 책에 나오는 아이들도 그렇습니다. 잘하려고 계산하지 않습니다. 그냥 합니다. 하다 보니 배우고, 배우다 보니 더 나아집니다. 돌이켜 보면 우리는 모두 한 명도 빠짐없이 이렇게 커 왔습니다. 이유를 먼저 찾고, 가능성을 따지고, 모든 게 안전하다고 판단이 된 다음에야 겨우 한 발짝을 떼는 어른이 되어 버린 건 언제부터였을까요. 나는 분명 내 아들처럼, 합주부 윤채처럼 그냥 일단 해 보는 사람이었는데 말입니다. 이 책은 아이들과 교사의 이야기가 아닙니다. 편견 없이, 유연한 파도처럼 자유롭게 살던 원래의 우리를 다시 만나는 이야기입니다. 읽고 나면 대단한 감동이나 거창한 결심이 생기지는 않습니다. 그러나 이런 생각 하나가 내내 남아, 가뿐하게 한 발짝을 떼게 합니다.

'이건 그냥 한번 해 봐도 되겠는데?'

· 이지훈(이지보이, 《자유로운 생활》 저자)

프롤로그

"잃어버린 진심을 찾아서"

나는 어린 마음들과 부대끼며 사는 일을 한다. 평생 먹어 온 떡국이 적게는 여덟 그릇, 많게는 열세 그릇밖에 되지 않는 스무여 명의 어린이와 시종일관 바글거리며 지낸다. 그 풍경은 가끔은 다큐멘터리, 대부분은 시트콤이다. MBC 시트콤의 명맥이 끊겨서 아쉬운 사람이 있다면 우리 반 교실을 들여다보면 된다. 시시각각 희로애락이 오가고 별의별 장면이 연출된다. 나는 그 직사각형의 공간에서 공식적으로 인정받은 유일한 어른. 일단 시트콤의 방청객처럼 팔짱을

끼고 앉아 이 어린 존재들이 무슨 말을, 어떤 행동을 하는지 지켜본다. 그러다 눈썹을 찌푸릴 만한 장면이 나오면 "컷! 컷!"을 외치는 PD로 돌변한다. 그게 내 일상이다.

수업과 생활지도, 행정업무와 교실 청소 등을 하지 않을 때면, 나는 주로 아이들을 관찰하거나 그들과 대화하며 시간을 보낸다. 그건 내가 소위 말하는 '참교사'여서가 아니다. 그저 아이들을 잘 이해하고 있으면 이 교실을 일 년 동안 원만하게 끌고 가기에 유리하기 때문이다. 넓게 보면 그들은 직장 동료와 다르지 않다. 이왕이면 같은 사무실을 쓰고 있는 사람들과 친하게 지내는 편이 좋지 않은가!

하지만 어린이의 마음을 추리하는 일은 결코 쉽지 않다. 어디로 튈지 모르는 탱탱볼 같다. 이리 튀고 저리 튀고, 적당히 튀면 재밌지만 잘못 튀면 곤란하고, 아예 튀지 않으면 그것 나름대로 문제다. 수많은 탱탱볼의 경로를 짐작하는 건 생각보다 훨씬 어렵다. 그래서 나는 소머즈*가 되기로 했다. 아이들의 목소리, 말 한마디에 귀 기울여 그 마음을 역으로 추적하는 방법을 택한 것이다. 말하자면 일종의 연역적 추론이다.

지금까지 수천, 아니 수만 개의 말들이 귀를 스쳐 지나갔다. 더 정확히 말하자면, 수많은 평서문과 부정문, 감탄문과 명령문이 오고 갔다. 그런데 그중에는 자연스럽게 흩어지지 않고, 가던 걸음마저 멈추게 하는 문장들이 있었다. 아이들은 별 뜻 없이 내뱉었을지 모르지만, 유난히 묵직하게 귀에 걸린 문장들. 어떤 말은 피곤한 정신을 흔들어 깨웠고, 또 어떤 말은 가슴을 후벼 팠다.

* · °

일곱 살의 나는 〈디지몬 어드벤처〉의 열렬한 팬

▼   미국 드라마 〈바이오닉 우먼〉의 주인공 이름에서 유래한 말로, 작은 소리도 잘 듣는 사람을 뜻한다.

이었다. 이 만화의 주인공들은 파트너 디지몬과 디지털 세계를 여행하며 수많은 고비를 넘긴다. 그리고 절체절명의 순간, 주인공 태일이의 마음속 용기의 문장이 빛나 아구몬을 진화시키고, 매튜의 마음속 우정의 문장이 빛나 파피몬을 진화시킨다. 그 근사한 장면 앞에서 어린 나의 심장은 쉴 새 없이 두근거렸다. 내 마음속에도 분명 어떤 문장이 숨어 있을 것 같았다. 용기여도 좋고 사랑이어도 좋았다. 순수도 좋고 희망도 좋았다. 세상 두려울 것 하나 없던 나는 마침내 이렇게 결론을 내렸다.

"나는…… 다 있을 거야! 용기도, 사랑도, 희망도! 디지몬만 만나면 다 빛낼 수 있을 거야."

그 다짐은 일곱 살짜리의 사회생활에도 지대한 영향을 주었다. 유치원에서 친구를 함부로 대하면 내 안의 우정의 문장이 사라질까 늘 양보하고 조심스러워했다. 피아노학원을 빠지고 싶은 마음에 배가 아프다고 거짓말을 하면 내 안에 성실의 문장이 사라질까 봐 안절부절못했다. 애정 표현을 썩 잘하는 편은 아니었지만, 사랑의 문장이 사라질까 봐 부모님께 최선을 다해 '사랑해요'라는 말도 전했다. 나의 어린 시절은 그렇게 마음속 문장을 사수하기 위한 사투의 연속이었다.

그리고 시간이 속절없이 흘렀다. 매 순간 온몸으로 부딪히며 문장 따위를 지키는 일은 인생의 중요도 순위에서 점점 뒤로 밀려났다. 용기는 곪어 부스럼이 될 때가 많았고, 성실하면 궂은일을 도맡아야 했으며, 우정은 큰 의미 없게 느껴졌다. 순수함은 철없는 것이었고, 희망은 괜한 기대처럼 발목을 잡기만 했다. 빛나는 문장은 어릴 때나 가질 수 있는 것이었다. 그렇게 나는 어른이 되었다.

✱ _. °

아이들의 말을 그냥 지나칠 수 없었던 건, 내가 지키고 싶었지만 어느새 잃어버린 어떤 마음을 그 안에서 발견했기 때문이다. 아이들의 동심은 어른들이 잃어버린 초심이었다. 나는 가을이 끝나갈 무렵 낙엽을 주워 두꺼운 책 사이에 끼워 넣듯, 그 순간들을 소중히 수집하기 시작했다.

서론이 조금 길었다. 이 책은 아이들이 툭 던진 말과 행동을 그냥 지나치지 못한 한 초등학교 교사가 그 순간을 곱씹다 떠오르는 생각을 덧붙여 쓴 글의 모음이다. 정신없이 살다 보니 잃어버렸던 마음의 퍼즐 몇 조각을 찾아가는 이야기이기도 하다. 그 조각은 '용기'일 수도 있고 '사랑'일 수도 있으며, '열정'이나 '배려'일지도 모른다. 분명 내 안에 있었지만, 어느 순간 사라져 버린 어떤 진심을 다시 떠올려 보자는 동행의 제안이다.

여기까지 읽으면, 앞으로 도덕 교과서처럼 따분한 이야기가 이어질까 봐 걱정할지도 모르겠다. 그런 걱정은 잠시 접어 두셔도 좋다. 나는 그저 관찰하는 것을 좋아하는 평범한 직장인일 뿐, 누군가에게 인생을 어떻게 살아야 한다든가 하는 가치를 설파할 능력도, 깜냥도 되지 않는다. 그저 동심 주변에서 하루의 반을 머무는 사람이 소중히 건져 올린 순간들을 세상과 나누고 싶어 이 글을 썼다. 나처럼 무언가를 잃어버렸다는 기분이 드는 이들에게 작게나마 힌트가 되었으면 하는 마음으로. 동심을 얘기하지만, 어디까지나 우리의 마음을 들여다보자는 뜻이다.

제목에 어떤 낱말을 쓸지 오래 고민했다. 그러다 내가 만나 온 아이들의 얼굴을 한 명씩 떠올렸다. 아이들은 맑고 순수하면서도, 의외로 쉽게 무너지지 않는 단단함을 가지고 있었다. 서로 다른 결처럼 보이는 이 말들이 아이들을 가장 잘 설명한다는 생각이 들었다.《투명하지만 깨지지 않는》은 이 책에 등장할 아이들을 꼭 닮은 말이다.

개인적으로는 이 책에 담긴 스무 개의 이야기가 모두 독자분들의 마음에 닿기를 바라지만, 그것이 쉽지 않은 일임을 잘 안다. 그럼에도 나의 '희망의 문장'을 빛내 보자면, 많은 분들이 아이들의 솔직하고 순수한 모습에 미소를 머금고 즐겁게 읽어 주시면 좋겠다. 뽀빠이 과자 봉지 속 별사탕을 찾아낼 때의 작은 기쁨처럼, 그 안에서 저마다의 잃어버린 문장을 하나쯤 발견할 수 있다면 나로서는 더없이 달콤한 기분이 들 것 같다.

〈디지몬 어드벤처〉 속 선택받은 아이들은 최후의 적을 물리치고 마침내 현실 세계로 돌아간다. 아이들이 기차를 타고 떠나는 마지막 순간에는 어디선가 바람이 불어와 미나의 챙 넓은 모자가 뱅글뱅글 날아가고 디지몬들이 함께 달려오는데, 그 장면은 어른이 된 지금 다시 보아도 여전히 애틋하다. 그리고 나를 순식간에 일곱 살이었던 시절로 데려간다.

감히 비견할 수 없겠지만, 이 책에 담긴 아이들의 모습이 〈디지몬 어드벤처〉의 마지막 장면처럼 동심의 문을 두드리는 산들산들한 바람이 되어 주면 좋겠다. 이제부터 그 여정을 시작하려 한다. 각자도생과 도파민의 시대에 아이들의 이야기에 마음을 내어 주신 모든 분께 진심으로 감사드린다.

1장

거침없이
뛰어드는
어린이

그냥 해 봐도 돼요?

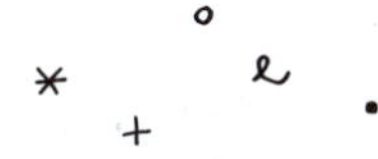

나는 초등학교 2학년 때 엄마에게 댄스학원에 보내 달라고 생떼를 썼다. 상당히 귀찮게 졸라댄 모양이다. 결국 엄마는 일주일에 한 번, 롯데백화점 문화센터 서예반 옆 강의실에서 하는 재즈 댄스반에 등록해 주었다. 원래 다니던 서예반이 두 시라면, 댄스반은 세 시라 꽤 효율적인 동선이었다.

사실 내가 생각한 건 방송 댄스였다. 하지만 재즈 댄스든 밸리 댄스든 상관없었다. '댄스'를 배우는 내가 된 것, 그게 가장 중요했다. 그냥 '2학년 1반 박상아'가 아니라, '2학년 1반에 박상아라는 애가 있는데…… 걔 댄스 배운대!'가 중요한 것이었다. 학교 장기자랑 무대에서 춤을 추는 꿈은 달콤했다. 그렇게 기다리고 기다리던 수업 날. 결론부터 말하자면, 나는 딱 두 번의 수업만 나가고 그만뒀다.

푸른 꿈에 부풀어 있던 나를 무릎 꿇린 건 '웨이브'였다. 양팔을 뻗은 채 관절 단위로 하나씩 꺾어 가다, 몸통을 한 번에 S자로 빠르게 꾸물거리는 동작이었다. 선생님은 벽면 한쪽을 꽉 채운 거대한 통거울 앞에서 한 명씩 돌아가며 웨이브를 시켰다. 나는 양팔을 뻗고 손가락, 손목, 팔꿈치 순서대로 야무지게 꺾어 춤처럼 만들려고 노력했……으나 거울에 비친 내 모습은 뻣뻣함 그 자체의 로봇이었다. 위잉 탁, 위잉 탁, 삐그덕 삐그덕.

어린 시절의 나에게 이런 말은 좀 미안하지만, 후한 마음으로 봐 줘도 재능이 없었다. '이게 한다고 될까?' '나도 할 수 있을까?' 아홉 살의 나는 자문자답 끝에 고개를 절레절레 저었다. 그리고 선을 그어버렸다. 이 길은 아니라고. 댄스는 내 인생과 어울리지 않는 일이라고. 아마 평생토록 그럴 거라고.

그 이후로도 나는 꾸준히 선을 그으며 살았다. 짝꿍과 책상 한가운데 삐뚤빼뚤한 선을 긋고 '넘어오면 죽어!'를 외치면서 티격태격하는 일도 잘했지만, 내 선 긋기의 진가는 잘할 수 있는 일과 못할 것 같은 일을 나누는 것에서 빛을 발했다. 될성부른 떡잎만 선택해서 만끽하는 놀라운 재주였다. 재즈 댄스반에서 겪었던 불편한 감정을 다시 느끼고 싶지 않았다. 무언가를 하고 싶다는 마음의 크기는 혹시나 선을 넘었을 때 느낄 불편함의 크기보다는 늘 작았다.

나의 선 긋는 습관이 얼마나 지독했냐면……. 엄마가 주로 소고기 미역국을 끓여 주었기에, 일평생 나에게 미역국은 딱 한 종류였다. 씹을수록 감칠맛이 느껴지는 소고기가 없으면 그게 미역국인가. 가끔 급식 메뉴로 바다 향이 나는 황태 미역국이나 전복 미역국이 나와도 입에 잘 대지 않았다. 옷 입는 일도 그랬다. 평소에 중청색의 청바지만 입고, 엄마가 아무리 상큼한 '연청'과 멋들어진 '흑청'을 사줘도 잘 입지 않았다(엄마의 마음을 생각해 잘 입는 척만 했다). 친구들의 반응이 괜찮을지 별로일지 알 수 없으니까. 굳이 불확실한 일에 도전할 이유가 없었다. 실패하면 불쾌한 기분이 들 게 뻔했다.

인생은 OX퀴즈판 같았다. 이때까지의 경험을 기준으로 선을 긋고, 동그라미 쪽에 놓인 일만 골라 하는 방법이 나를 지켜 준다고 믿었다. 그렇게 그어 둔 선 위로는 두꺼운 콘크리트 벽이 세워졌고, 어느새 벽 위엔 돌돌 말린 날카로운 철조망까지 얹혀 있었다.

✳ ● ○

한평생 선 긋기를 하며 살아온 나는 어느 해, 유달리 고집스럽고 자기애가 강한 열두 살 아이들을 만나게 되었다. 이제 막 사춘기 눈빛을 장착할락 말락 하는 나이대의 아이들과 일 년을 꾸려 가야 하는 숙명 앞에서는 어떤 성향의 아이들을 만나는지가 중요하다. 어떤 해는 말수가 적고 내성적인 아이들이 많아 일 년 내내 고요하게 지내는가 하면, 넘치는 에너지를 주체하지 못해 텐션이 천장을 뚫어 버릴 것만 같은 해도 있다.

반 분위기는 일장일단이 있으니 크게 개의치 않는다. 하지만 그해 5학년 아이들은 유독 거침이 없었다. 특히 뭔가 해 보는 것에 주저함이 없었다. '할래?'라고 백 번 물어보면, 백 번 다 해 볼 수 있다는 대답이 돌아왔다. 나는 제자리에서 빙빙 도는 회전목마인데, 아이들은 냅다 공중으로 뛰어 버리는 번지점프였다.

그 당시 우리 학교에는 전국에서 쉽게 찾아보기 힘든 타악기 합주부가 있었다. 보통 일반적인 초등학교에서는 서양악기를 중심으로 오케스트라를 편성하거나 국악기를 중심으로 사물놀이부나 난타부 정도를 운영한다. 그에 반해 우리 학교 합주부는 전체 타악기로만 구성된 독특한 팀이었다. 학교의 자부심인 이 합주부를 원활히 운영하는 일이 당시 내 업무

중 하나였다.

그런데 학교의 아낌없는 지원에도 불구하고 신입 단원 모집은 무척 어려웠다. 스무여 명의 아이들끼리 합을 맞춰야 하니 생각보다 연습량도 많았고, 악기 자체도 초등학교 고학년 아이들에게 익숙하지 않은 편이었다. 악보를 보고 계이름을 술술 읽을 줄 알아야 한다는 점도 또 하나의 장벽이었다.

유독 그해에는 합주부를 하겠다는 아이들이 없어서 골머리를 앓았다. 최종적으로 무대까지 서려면 스스로 하고자 하는 의지가 무척 중요해서 아무한테나 합주부에 들어오라고 추천할 수도 없었다. 정 안되면 없는 대로 꾸려 가야겠다고 생각하던 참에, 윤채가 등장했다. 동그란 안경과 주근깨가 트레이드 마크인 윤채는 숱 많은 까만 머리를 하나로 질끈 묶고 다니던 여학생이었다. 마라탕처럼 개성 강한 우리 반 아이들 중에서도 손에 꼽을 만큼 활기차고 익살스러운 아이였다. 그런 윤채가 평소와 달리 쭈뼛거리며 다가왔다.

"선생님, 그 학교에서 하는 합주부요……. 추가 모

집 하길래요. 저 신청해도 돼요?”

“어, 좋지! 윤채 악보 볼 줄 알지?”

“저…… 아니요. 도레미파솔라시도는 아는데, 더 깊게는 몰라요. 제가 피아노학원을 안 다녀 봐서요.”

“……그래? 부모님께도 하겠다고 말씀드렸어?”

“네, 근데 엄마가 저 악보도 못 보면서 가서 합주 같은 걸 할 수 있겠냐고, 일단 선생님께 한번 여쭤보라 하셨어요.”

윤채에게는 정말 미안하지만, 솔직히 말해서 좀 난감했다. 합주부에서는 단순한 소악기뿐만 아니라 음계가 있는 타악기도 많이 다뤘다. 기본적인 계이름과 박자 기호는 볼 줄 알아야 수업이 순조롭게 진행될 수 있다는 강사 선생님의 말씀이 떠올랐다. ‘호기롭게 시작했다가 음악을 잘하는 아이들 사이에서 치이면 어떡하지? 중간에 안 하겠다고 포기하면 곤란한데.’ 내 고질적인 선 긋기 습관이 또 발동하려 했다.

“윤채야, 저기…….”

“그런데 배우면 할 수 있을 것 같아서요. 한번 해

보고 싶어요. 오늘 집 가서 오디션 영상 보내도 되나요?"

윤채의 말이 내 선보다 먼저 허공에 그어졌다. 오디션은 각자 자신 있는 악기로 자유곡을 연주해 영상으로 제출하는 방식이었다. 보통 취미로 배운 피아노나 바이올린으로 영상을 찍어 보내는데, 윤채는 리코더로 음악 교과서에 실려 있는 〈나무의 노래〉를 연주했다. 콩쿠르에 나가는 아이처럼 배에 큼지막한 번호표까지 붙이고 한 음 한 음 정성스럽게 연주하는 윤채의 모습이 꽤나 진지했다.

추가 모집을 두 번이나 했음에도 신청 인원이 적었던 탓에 윤채는 무리 없이 합주부 단원으로 뽑힐 수 있었다. 윤채가 얼마나 기뻐했는지, 학원 시간도 겹치지 않게 부모님이 바꿔 주셨다고 온 교실에 자랑하며 돌아다녔다. 하지만 걱정스러운 마음이 아직 가라앉지 않았던 나는 첫 합주부 연습이 끝난 다음 날, 윤채를 불러 조용히 물었다.

"윤채야, 어제 어땠어?"

"재밌었어요!"

"그래? 어렵진 않았어?"

"진짜 진짜 어려웠어요. 다른 애들은 빨리 잘 따라 하더라고요. 선생님이 저는 점심시간에 와서도 연습해야 한대요."

"그래도 계속할 수 있겠어?"

"네! 잘 안되는데 그냥 해 보려고요. 악기 연주 같은 거 진짜 해 보고 싶었어요."

예상과 달리 윤채는 씩씩했다. 윤채에게 남들이 자신보다 더 잘하는 것은 아예 상관없는 일처럼 보였다. 몇 번 나오다 그만둘 거라 여겼던 내 예상과 달리, 윤채는 계절이 바뀌어도 묵묵히 자리를 지켰다. 한 번은 강사 선생님께 메시지를 보내 여쭤본 적도 있다.

"선생님, 윤채 어때요? 잘 따라오나요?"

"윤채가 확실히 배우는 시간이 오래 걸려요. 합주도 잘 따라오는 편이 아니긴 한데……, 그래도 제일 재밌게 해요. 몸도 막 흔들면서요."

✳ · ｡

　그해 10월, 지역 연주회의 무대에는 여느 때처럼 머리를 하나로 질끈 묶은 윤채가 서 있었다. 스무 명의 아이들과 함께 박자를 맞추며 악기를 두드리는 5분. 윤채는 자신의 자리에서 당당히 소리를 냈다. 윤채의 진지한 눈빛과 몰입하는 모습에 나는 한동안 시선을 뗄 수 없었다.

　"선생님, 엄청 떨렸는데 너무 재밌었어요. 내년에는 언니 오빠들 하는 다른 악기에 도전해 보려고요!"

　무대가 끝나고 해맑은 웃음을 짓던 윤채의 얼굴이 내 마음속에 오래도록 잔잔한 파문을 일으켰다.

　나는 밥 먹듯 선 긋기를 해온 사람이었다. 도전과 변화보다는 안정과 유지가 좀 더 현명하다고 믿었는데, 연주를 즐기는 윤채의 모습을 눈 앞에서 마주하니 또 그것만이 전부는 아니라는 생각이 들었다. 윤채의 마음은 '악보를 잘 읽지 못한다'라는 현실 앞에서 꺾이지 않았다. 다른 사람이 훨씬 잘하는 모습에 주저앉지도 않았다. 그저 하고 싶으면, 해 보는 것. 그게 전부였다.

몇 해 전, 친한 친구가 발레가 너무 재밌다며 함께 해 보자고 했을 때, 재즈 댄스로 그어진 선을 넘지 못하고 포기한 적이 있다. 나와는 어울리지 않을 것 같아서, 잘하지 못할 것 같아서, O보다는 X의 영역에 가까울 것 같아서 지레 포기해 버렸다.

그런데 남들이 뭐라 하든, 가진 능력치가 얼마나 되든, 그저 하고 싶다는 이유 하나만으로 합주부에 들어갔던 윤채를 보며 생각했다. 지금까지 나를 지킨다는 명분으로 그어 왔던 선은 오히려 나를 점점 가두고 있었을지도 몰랐다.

이제는 그어 두었던 선을 조금씩 허물어 볼까 한다. 하고 싶은 마음이 들면 재지 않고 일단 해 보려 한다. 뒷북도 아니고, 앞북 치며 포기해 버리는 삶이 얼마나 아쉬운가.

혹시나 나처럼 부지런히 선 긋기를 하며 살아온 세

상의 동료분들이 있다면, 윤채의 질문을 건네고 싶다.

"그냥 해 봐도 돼요?"

아마 윤채는 망설임 없이 고개를 끄덕여 줄 것이다.

가슴 뛰는 일에는 이상한 힘이 있다

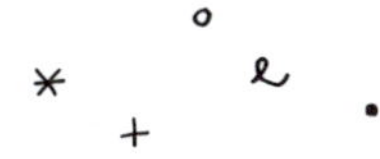

"선생님, 최대한 짧게 썼어요."

짧게 깎은 잔디처럼 까까머리를 한 윤태가 교탁 옆 탁자에 무언가를 내려 놓으며 말했다. 그건 바로 주제 글쓰기 공책이었다. 우리 반은 매주 한 번씩 주제 글쓰기를 하는데, 수업 시간인 40분은 이미 지난 데다 쉬는 시간도 거의 끝나 가고 있었다.

"쉬는 시간 2분 남았다. 얼른 내려 놓고 화장실 다녀와."

급한 문서 작업을 마무리하던 나는 컴퓨터 화면

에 시선을 고정한 채 말을 건넸다. 그런데도 왼편에서 느껴지는 인기척은 좀처럼 사라질 기미가 없었다. 괜히 공책을 조물조물, 밍기적밍기적, 제자리에서 뱅글뱅글. 아, 이건 선생님이 한 번쯤 시선을 돌려 눈을 맞춰 주길 바라는 아이들의 신호였다. 나는 키보드에서 손을 떼고 윤태와 눈을 마주했다. 윤태의 눈빛은 마치 간식을 간절히 바라는 아기 강아지 같았다.

"윤태, 왜?"

"선생님, 읽어 보시고…… 모르는 건 질문하셔도 돼요. 언제든지요. 아무 때나요!"

뭉그적거리던 윤태는 재차 당부를 한 뒤에야 제자리로 돌아갔다. 아니, 도대체 뭘 썼길래? 궁금해진 나는 곧바로 윤태의 공책을 펼쳤다. 그리고 내가 마주한 것은 초등학생의 주제 글쓰기가 아니라, 하나의 연구보고서였다.

이번 주 글쓰기 주제는 '내가 잘 아는 것을 소개하기'였다. 사람이든 동물이든, 영화든 아이돌이든, 생명이든 무생물이든 상관없이 내가 잘 안다고 생각하는 것을 글로 소개하면 되었다. 주제가 아이들의 생활과 맞닿아 있어서 재미있게 잘 쓰겠다고 예상은 했지만, 윤태의 글은 분량부터 헉 소리가 절로 나왔다. 우리 반 글쓰기 공책의 제출 기준은 단 열 줄. 한 페이지도 아니고, 열 줄만 넘기면 공책을 내고 쉴 수 있는데 윤태는 아랑곳하지 않고 네 페이지 반이나 써 왔다. 도대체 뭘 그렇게 열심히 썼을까. 아, 그것은 바로 윤태의 심장과도 같은 존재, '야구'였다.

✳ ⋅ ∘

그렇다. 윤태는 삼성 라이온즈의 팬이자, 엄청난 야구 덕후였다. 매일 점심시간이면 운동장에 나가 캐치볼을 했고, 반 대항 발야구 경기 때는 유명한 야구 선수 응원가에 우리 반 키커 이름을 넣어 응원하는, 그야말로 야구에 살고 야구에 죽는 아이였다. '잘 아는 것을 소개하기'라는 주제를 들었을 때 윤태의 가슴이 얼마나 벅차올랐을지, 글쓰기가 허용된 한 시간이 얼마나 짧게 느껴졌을지, 그 마음이 어렴풋이 짐작됐다.

윤태의 글은 "야구는 룰이 어려운 스포츠다"라는 장엄한 문장으로 시작했는데, 내용을 간략히 소개하자면 이렇다.

첫 번째, 승패. 야구는 점수가 높은 팀이 이긴다. (예: 김치팀 1점, 된장팀 2점이면 된장팀 승리!) 아, 이토록 섬세할 수가. 곰곰이 생각해 보니 모든 스포츠에서 점수가 높다고 꼭 이기는 건 아니었다. 예컨대 골프는 타수가 적을수록 성적이 좋은 것이고, 대부분의 기록 경기에서는 시간이 짧게 걸린 쪽이 승자다. 윤태는 '점수'라는 가장 근본적인 개념부터 차근차근 짚고 있었다. 앞으로 설명할 '야구'라는 커다란 건물을 짓기 위한 주춧돌을 쌓는 과정이었다.

두 번째, 준비물. 야구공, 배트, 글러브. 글씨 옆에는 조그맣게 그림까지 곁들여져 있었다.

세 번째, 포지션. 이 페이지는 그야말로 감탄 그 자체였다. 잠실야구장이 통째로 공책 속에 들어온 듯

했다. 포수 옆에는 C, 투수 옆에는 P, 유격수 옆에 SS, 중견수 옆에 CF. 영어 약자는 물론이고, '외야수는 뜬공을 처리한다' '내야수는 주자를 아웃시킨다' 같은 메모까지 빼곡히 적혀 있었다. 그 야무진 디테일에 나는 공책을 들고 있던 손을 조심스레 고쳐 잡았다.

네 번째, 아웃의 조건.

다섯 번째, 야구 용어. 삼진, 스트라이크(스트라이크 존이 아홉 등분된 그림도 그려져 있었다), 볼넷, 완봉승, 완투승 등등.

여섯 번째, KBO리그의 열 개 구단 소개.

일곱 번째, 삼성 라이온즈 선수 소개.

여덟 번째, 마무리. 장대한 보고서의 마지막 문장은 이랬다. "솔직히 야구는 백문이 불여일견이라 이걸 읽고도 이해가 안 될 수도 있다." 야구에 대한 윤태의 마음은 '혼모노(진짜)'였다.

나는 수업도 잊을 정도로 꼼꼼히 읽은 뒤, 볼펜을 들어 공책 끝자락에 메모를 남겼다.

[윤태야. 너는……

너는 정말 야구전문가다. 인정!]

열두 살이 쓴 글치고 잘 쓴 게 아니었다. 진심으로 야구를 사랑하는 한 명의 팬으로서, 정확하고 구체적으로 정말 잘 쓴 글이었다. 나는 윤태를 불렀다.

"윤태야! 너 야구를 어쩜 그렇게 잘 알아? 따로 공부도 해?"

교탁 옆으로 윤태의 통통한 볼이 다시 등장했다. 내가 야구 이야기를 물어보기를 기다렸다는 듯, 윤태는 만족스러운 표정으로 말했다.

"아뇨, 그냥 재밌어서 보다 보니까 알게 됐어요. 또 궁금한 건 없으세요?"

"너무 잘 적어 놔서 선생님이 물어볼 게 없다. 야구가 그렇게 좋아?"

"네, 막…… 여기가 벌렁벌렁해요."

윤태는 제 가슴을 손으로 가리키며 말했다. '재밌어서 하다 보니까 알게 됐어요.' '여기가 벌렁벌렁

해요.' 그 말은 박하사탕을 먹은 뒤 숨을 들이마신 것처럼, 화하게 가슴 속을 밝혔다. 나도 너무 좋아서, 너무 하고 싶어서 앞뒤 보지 않고 달려든 때가 있었다. 아주 오래된 일이지만, 그런 적이 분명히 있었다.

✻ ▪ ○

초등학교 시절, 나는 집 근처 도서관에서 거의 살다시피 했다. 매주 책 세 권을 빌리고, 그다음 주에 반납하면서 다시 세 권을 빌리는 그 단순한 반복이 그렇게나 행복했다. 지금은 리모델링이 되어 낯선 모습이 되었지만, 그 당시 종합열람실의 삐걱거리는 나무 바닥과 짙은 고동색의 책장에서는 구수하고 따뜻한 냄새가 났다. 친구들과 놀이터에서 뛰노는 것보다 도서관 구석에 앉아 책과 함께 세상에서 멀어지는 순간이 참 좋았다.

그러던 어느 날이었다. 마음이 몽글몽글해지는 소설 한 권을 푹 빠져 읽다가, 중간 열 페이지 정도가 통째로 사라진 것을 발견했다. 처음에 책을 고를 때부터 표지가 누렇게 빛바랜 게 좀 불안했는데, 하필이면 클라이맥스에서 공백이 생긴 것이다. 도저히 참을 수 없었다. '이 책을 완벽하게 읽고 싶다!'는 열망에 사로잡힌 나는 곧장 로비의 공용 컴퓨터로 향했고, 근처 도서관에 같은 책이 있는지 검색했다. 그러나 불행하게도 없었다. 부모님께 이 책을 사 달라고 부탁할 수도 있었지만 이미 생일 때마다 '노빈손 시리즈'를 선물로 받고 있던 터라 또 책을 사 달라고 하기가 민망했다.

결국 내가 택한 방법은 서울로 가는 것이었다. 버스를 타고 삼십 분쯤 가면 나오는 G도서관에 그 책이 무려 두 권이나 비치되어 있었다. 기름 낀 모니터 화면에 뜬 책 표지를 보는 순간, 심장이 두근거리기 시작했다. 다행히 책가방 안주머니에는 꾸깃꾸깃한 지폐와 동전이 있었고, 나는 그 길로 버스에 올라 책을 찾아 떠났다. 아직 휴대폰도 없던 때였다. 덜커덩덜커덩 흔들리는 버스를 타고, 더듬더듬 표지판을 찾아가며 도착했던 기억이 난다. 깨끗한 표지, 단단한 책등, 그 책을 손에 넣은 순간 느꼈던 짜릿함과 기쁨은 지금도 생생하다. 나중에 이 이야기를 알게 된 엄마는 나를 혼내시기는커녕 깜짝 놀라며 물으셨다. 나는 보통 겁쟁이가 아니었기 때문이다.

"거기까지 갔다고? 그 책이 정말 읽고 싶었구나?"

맞다. 너무 읽고 싶었다. 심장이 벌렁벌렁할 만큼 그러고 싶었다. 어느 유명 작가가 '가슴 뛰는 일을 하며 살라'라고 했던가. 가슴 뛰는 일에는 이상한 힘이 있다. 밥도, 잠도, 가족도, 친구도, 시간도 잊은 채 오로지 그 일을 하는 나 자신만을 열렬히 사랑하게 만드는 힘이.

지금은 운명처럼 나를 불타오르게 할 무언가와 마주치는 빈도는 줄었고, 변명은 늘었다. '이렇게 해서 뭐 하나' 하고 냉소를 흘릴 때도 있고, '삶의 밸런스를 맞춰야 한다'며 스스로 가능성의 문을 닫아 버릴 때도 있다. 무언가에 홀딱 빠지는 건 어릴 때나 가능한 일이라며 슬쩍 유치한 감정 취급해 버리기도 한다. 마치 산전수전 다 겪은 어르신이라도 된 것처럼. 정작 백 살 넘은 어르신들은 그런 말 안 하실지도 모르겠다.

* . °

작년 가을에 잠깐 배웠던 배드민턴이 문득 다시 하고 싶어져, 혼자 동네 동호회에 찾아갔다. 운동신경이 뛰어난 편도 아니고, 잘하는 것도 아닌데 배드민턴은 내 마음에 쏙 붙어서 떠나지를 않았다. 초심자 한 명이 들어와서 버티기엔 쉽지 않다는 그 배드민턴 동호회를 꾸역꾸역 버려 내고 있는 까닭은, 결국 단 하나의 마음 때문이다. 너무 좋고, 재미있고, 잘하고 싶다는 그 순수한 마음 때문이다.

그렇게 오늘도 나는 이 귀한 마음을 더 힘껏 즐기기 위해, 발목을 빙빙 돌리며 코트에 들어갈 준비를 한다.

생각보다 더 괜찮을지도 몰라

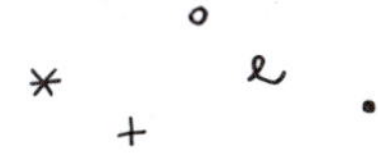

나는 결혼식에 대한 로망이 있었다. 더도 말고, 덜도 말고 딱 하나뿐인 로망이었다. 그건 고급스러운 비즈가 달린 드레스도, 누가 봐도 감탄이 나올 만한 멋진 예식장도, 화사한 꽃장식도 아니었다. 화려하고 값비싼 반지를 원한다거나, 오랫동안 꿈꿔 온 신혼여행지가 있었던 것도 아니다. 내 유일한 로망은 바로 '맑은 날씨'였다.

나는 찬란한 햇살의 뜨거움을 온몸으로 느끼는 그 순간을 너무 사랑한다. 아마도 가장 기다려 온 결혼식 날, 세상에 밝은 빛이 내리쬐어 준다면 그것이 곧 하늘의 축복을 의미한다고 믿었던 것 같다. 심지어 나는 날씨와는 전혀 상관없는 실내 예식장을 예약해 두고도, 그날만큼은 꼭 날씨가 맑기를 원했다.

　서론이 다소 장황한 걸 보면 눈치챘겠지만, 한 달 전부터 검색했던 일기예보 사이트에는 불길하게도 딱 결혼식 당일에만 비 소식이 있었다. 차마 현실을 받아들일 수 없던 나는 전 세계의 날씨 사이트를 모두 섭렵했다. 네이버 날씨도, 아큐웨더도, 캠핑러들이 즐겨 찾는다는 윈디도, 하다못해 노르웨이 기상청 날씨까지 번역해 찾아봤지만 모두 짜맞춘 것처럼 무심하게 비 표시가 떠 있었다. 하늘이 이렇게까지 나를 외면할 수는 없었다. 그렇게 나는 결혼식을 앞두고 다른 이유도 아닌 '날씨' 때문에 시름시름 앓는 신부가 되었다.

　결국, 어지간하면 큰소리를 내지 않는 엄마가 보다 못해 화를 버럭 내신 뒤에야 날씨를 포기했다. 비 오는 날씨도 아무 문제 없다고 이해하고 인정한 것이 아니라, 주변 성화에 어쩔 수 없이 놓아 버린 것이다. 미련은 끈적끈적한 딱풀처럼 마음 한구석에 붙어 있었다. 그렇게 다가온 5월의 결혼식 날, 예상대로 비가 내렸다. 햇빛 한줄기 없는 회색 하늘 아래에서 식은 무리 없이 끝났지만, 결국 나의 로망은 이뤄지지 않았다.

결혼식을 생각하면, 중요한 날을 앞두고 설레는 모습보다는 비가 올까 봐 전전긍긍하던 모습이 가장 먼저 떠오른다. 돌이켜 보면 내 힘으로 어떻게 할 수 없는 '날씨'라는 불가항력에 매달려 마음을 소모한 시간이었다. 그럼에도 나는 여전히 교통사고처럼 불쑥 찾아오는 변수를 잘 받아들이지 못한다. '왜 내가 원하는 대로 흘러가지 않지?'라는 생각이 곧장 튀어나온다. 마치 N극이 또 다른 N극을 매몰차게 밀어내는 것처럼 반발이 거세다. 어떻게 할 수 없는 일을 담담하게 받아들이는 일은, 여전히 내게 가장 어려운 숙제다.

그런 나에게, 그 방법을 깨닫게 해 준 아이가 있

다. 아직도 내 마음속 롤모델로 남아 있는, 열 살의 주아다.

＊ ．°

학교에서 학예회를 크게 열었던 적이 있다. 학예회와 전시회를 함께 여는 방식이었다. 강당의 무대를 제외한 벽면을 반별로 나누어, 아이들의 미술 작품으로 화려하게 꾸며야 했다. 우리 3학년 3반은 고민 끝에 벽에 걸 수 있는 '책 인형'을 만들기로 했다.

책 인형은 말 그대로 손에 작은 책을 들고 있는 모양의 종이 인형이다. 색지를 정사각형으로 잘라 몸통을 만들고, 길쭉한 직사각형 종이로 팔다리를 붙인 뒤 얼굴을 그리면 완성이다. 손에 들릴 작은 책은 아이들 각자가 일 년 중 가장 재미있게 읽은 책 한 권을 골라, 표지 그림을 따라 그린 미니어처로 만들기로 했다.

3학년 아이들에게 자로 잰 듯한 정교한 가위질

은 생각보다 어려운 일이라, 나는 미리 몸통으로 쓸 정사각형 색지와 팔다리용 색지를 잘라 준비해 두었다. 아이들은 몸통 한 장과 팔다리가 될 두 쌍을 짝지어 가져가기만 하면 되었다. 그런데 생각보다 아이들이 이 작업에 유난히 진심이었다. 진짜 인형을 만드는 것처럼 몸통과 팔다리의 색깔을 통일하려고 애썼다. 예를 들면, 분홍색 몸통에는 분홍색 팔다리를, 좀 더 개성 있게 만들고 싶어 하는 아이들은 분홍색 몸통에 보라색 팔다리를 골랐다.

"부모님이 오셔서 보실 거니까 열심히 만들어 보자!"

나의 이 한마디가 도화선이 되었는지, 아이들 얼굴마다 설렘과 의욕이 번졌다. 그때, 작은 문제 하나가 생겼다. 마지막 순서였던 주아가 종이를 고르려는데, 남은 색지가 도무지 한 세트로 묶이지 않았다. 자투리 색종이처럼 몸통은 노란색, 팔은 분홍색, 다리는 보라색으로 남아 있었다. 여분의 색지도 없었다.

"주아야, 색깔이 이것밖에 안 남았는데 괜찮겠

니?"

차례를 기다리는 동안 주아가 이미 마음속으로 어떤 인형을 상상했을 것만 같았다. 어떤 색의 몸통에, 어떤 표정의 얼굴을 그릴지까지 정해 두었을지도 몰랐다. 마음이 괜히 바빠졌다. 원하던 색을 고를 기회를 공평하게 주지 못했다는 생각이 머릿속을 맴돌았다. 혹시라도 많이 속상해 한다면 다른 학년에서라도 색지를 빌려 와야겠다고 혼자 대책을 세우기 시작했다. 그런데 주아는 잠시 고민하는 듯하더니, 이내 명랑한 목소리로 말했다.

"아, 선생님! 저 그냥 하면 돼요!"

"이것만 있어도 정말 괜찮아?"

"네, 원래 노란색 인형을 만들려고 했는데요……."

주아는 바구니에 남아 있던 색지를 잠시 만지작거리더니 말을 이었다.

"음, 선생님 그런데요, 색깔이 다 다르면 더 예쁘게 만들 수 있지 않을까요?"

"정말?"

"네, 이렇게 해도 괜찮을 것 같아요!"

주아는 발랄하게 대답하더니, 종이를 집어 아무렇지 않게 자리로 돌아갔다. 내가 상상했던 반응과는 전혀 달랐다. 이렇게 곧장 받아들일 수 있다니! 오히려 어른인 내가 주아의 앞에서 더 전전긍긍하고 있었다는 사실이 조금 부끄럽게 느껴졌다. 주아는 자리로 돌아가 묵묵히 책 인형을 만들기 시작했다. 두 시간 동안 최선을 다해 손을 움직였고, 완성된 작품을 한참 바라보며 제법 흡족해 했다. 주변에 있던 아이들도 하나둘 다가와 물었다.

"주아야, 네 인형은 색깔이 다 다르네?"

"응! 예쁘지?"

주아는 밝은 표정으로 친구들의 말에 화답했다. 마치 처음부터 그 인형을 그렇게 만들기로 마음먹었던 것처럼.

＊ ．　°

학예회 날, 우리 반이 꾸민 벽에는 스물여섯 개의 책 인형이 나란히 걸려 있었다. 몸통과 팔다리 색이 비슷한 인형 가운데 다채로운 색을 가진 인형은 단 하나뿐이었다. 노란 몸통에 분홍색 팔, 보라색 다리. 주아의 무지개색 책 인형은 멀리서도 단번에 눈에 띄었다. 그리고 묘하게도 가장 예뻐 보였다.

한참 시간이 흐른 지금도 인생이 뜻대로 흘러가지 않을 때면, 나는 마음속에서 조용히 주아를 불러낸다. 그러면 주아가 특유의 명랑한 목소리로 이렇게 말해 준다.

"선생님, 색깔이 다 달라도 예쁘게 만들 수 있어요!"

주아의 모습은 교사로서의 나에게도 제법 큰 울림을 주었다. 나는 그 이후로 수업 속에 슬쩍슬쩍 변수를 심어 둔다. 읽기 자료나 미술 도안을 무작위로 나눠 주고, 토의 주제도 가끔은 제비뽑기로 정한다.

모둠 활동 역시 늘 친한 친구끼리만 하지 않고 새로운 조합으로 꾸릴 수 있도록 유도한다. 하고 싶은 것을 할 수 있는 날도 있지만, 그렇지 않은 날도 있다는 것을 알려 주기 위해서다. 그럴 때마다 아이들은 "아 선생님~ 진짜 하고 싶은 대로 하면 안 돼요?" "선생님, 이런 게 어딨어요!" 하며 투덜거리지만, 이상하게도 그 투정이 오래가지는 않는다. 잠시 얼굴을 찌푸리다가도 어느새 자기가 할 일에 몰입한다. 나는 그 모습을 보며 한마디 덧붙인다.

"얘들아, 이런 날도 있고 저런 날도 있는 거지. 오늘은 그냥 이렇게 해 보자. 생각보다 괜찮을지도 몰라!"

어떻게든 해내는 아이

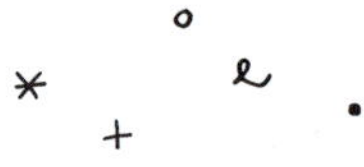

한 번쯤 이런 카톡 메시지를 받아본 적이 있을 것이다.

[OO님이 초대한 '재미로 알아보는 유형 테스트' 참여하기!]

최근 몇 년간 온라인에서 가장 유행했던 콘텐츠를 꼽자면 단연 '나를 알아보는 각종 테스트 시리즈'일 것이다. 이 열풍은 MBTI로 시작되어 연애 유형 검사로 불붙었고, 기업들의 마케팅 니즈까지 충족시키며 하루가 멀다하고 새로운 테스트가 쏟아졌다. 사람들은 마치 명함이라도 찍어 내듯이 결과를 캡처해 이 방 저 방에 공유했다. "너랑 나랑은 상극이래, 역시 그래서 안 맞았구나! 깔깔깔." 적막하던 단톡방에는 모처럼 수다 꽃이 피어오른다.

RPG 게임 속 캐릭터가 퀘스트를 깨고 칭호를 얻듯, 그때 내가 얻은 수식어들은 이렇다. INFJ, 안정형, 유유자적 카톡러, 가장 어울리는 여행지는 싱가포르, 가지고 있는 불치병은 '팀플 공포병'이었다.

이제는 연애 프로그램에서도 이름 다음으로 MBTI를 묻는 시대가 되었다. 처음 본 사람에게 통성명을 하면서 '저는 INFJ에요!'라고 말해도 전혀 이상하지 않다. 오히려 MBTI를 잘 모른다고 하면 유행에 뒤처진 사람처럼 괜히 뻘쭘해질 정도다. 그런데 가끔, 수식어를 방패 삼아 그 뒤로 쏙 숨는 사람을 마주칠 때가 있다.

＊．°

몇 년째 참여 중인 '학교 밖 연구회'에서 오랜만에 오프라인 행사가 열렸다. 삼십여 개의 크고 작은 연구회가 한자리에 모였고, 주최 측은 네트워킹을 위해 소속 연구회에 상관없이 사람들을 무작위로 섞어 새로운 팀을 구성했다. 전국 각지에서 모인 사람들은 20대부터 50대까지 다양했다. 컨퍼런스룸의 넓은 원탁 일곱 개에는 각각 A팀부터 G팀까지의 팀명이 적힌 팻말이 붙어 있었고, 사람들이 한 명씩 원탁에 채워질수록 어색한 기운이 맴돌았다.

주최 측은 한 시간 동안 수업을 기획하라는 팀 미션을 주었다. 우리끼리 자조적으로 하는 말이지만, 선생님들은 일단 시켜 놓으면 최선을 다한다(그게 문제라고들 한다). 대충이나 반항이라는 게 잘 없다. 문제는 그 다음이었다. 제한 시간이 끝나고 팀별로 발표자를 정해야 했다. 만들기는 열심히 만들었지만, 처음 보는 사람들 앞에 나가 발표하는 일은 또 다른 차원의 과제였다. 바스락바스락, 종이 넘기는 소리만 들리는 정적 속에서 누군가 입을 열었다.

"저희 아무도 없으면, 공평하게 가위바위보로 결정할까요?"

하고 싶은 사람이 한 명도 없을 때 사용할 수 있는 가장 공평한 방법이었다. 그런데, 20대 중반쯤 되어 보이는 한 사람이 멋쩍은 표정을 지으며 이렇게 말했다. 농담인지 진담인지 알 수는 없었지만, 어쩐지 그 자리에 어울리지는 않는 말이었다.

"제가 내향형이라서요……. 발표는 좀 어려울 것 같은데, 혹시 어떻게 안 될까요?"

과장이 아니라 진짜 이렇게 말했다. 쉽게 말해 자신은 빼 달라는 소리였다. 그 순간, 원탁 테이블에 빙 둘러앉아 있던 팀원들의 표정이 일제히 벙쪘다. 정말 웃겼던 건, 그 말이 그 순간 꽤 그럴듯하게 들렸다는 점이다. 하마터면 '암, 내향형이면 발표가 어려울 수도 있지……' 하고 고개를 끄덕일 뻔했다.

이건 도대체 무슨 핑계일까. 성격 유형 검사가

무슨 만병통치약처럼 쓰이고 있었다. 마치 '약을 먹어서 술은 못 마셔요'나 '면허가 없어서 운전은 못 해요' 같은 말들과 어깨를 나란히 하며, 아주 합리적인 사유인 양 자리 잡고 있었다.

"아이고, 그냥 제가 할게요."

다행히 뒤늦게 발표를 자원한 분이 나타나 상황은 별일 없이 넘어갔지만, 이 장면은 내게 묘한 충격으로 기억되었다. 실제로 '원래 그런 성격이라서요' 그 말 한마디면, 꽤 많은 일들이 가볍게 정리되기도 했다. 재미로 시작한 유형 검사가 언제부터 이렇게 위상이 높아졌는지, 또 누군가에게는 면죄부가 되어주었는지 도통 모를 일이었다. 그러다 문득 우리 반 현수와 있었던 일이 떠올랐다.

＊ · °

5학년 현수는 또래보다 이삼 년쯤 느린 아이였다. 친구들이 분수의 곱셈을 할 때는 구구단을 다시 외웠고, A4 한 장 분량의 생각 글쓰기를 해야 할 때면 간신히 한두 문장을 도움받아 적었다. 이제 막 고학년이 된 학기 초, 몸집이 작고 왜소한 데다 학습에도 어려움을 겪는 현수가 또래 친구들과 잘 어울릴 수 있을지 걱정이 앞섰다. 하지만 우려와 달리 현수는 친구에게 먼저 다가가는 데 주저함이 없었고, 반 친구들과 잘 섞여 놀았다.

현수의 부모님은 그저 현수가 학교를 즐겁고 안전하게 다니기만을 바라셨다. 나도 그 뜻에 따라 공부를 억지로 시키지는 않았다. 그런데 단 한 가지, 내가 교사로서 결코 양보할 수 없는 일이 있었다. 바로 학교생활에 필요한 준비물을 스스로 챙겨 오는 것이었다.

우리 반 아이들에게는 그날그날 공부한 내용과 기억에 남는 학교생활을 공책에 적어 내는 루틴이 있었다. 만약 공책을 안 가져왔거나 잃어버리면 친구에게 한쪽을 빌리거나 이면지에라도 적어서 검사를 맡고 가야 했고, 다 쓰면 스스로 새 공책을 챙겨 오는 게 규칙이었다. 현수의 공책이 몇 장 남지 않았을 때, 나는 슬쩍 말을 건넸다.

"현수야, 공책 다 써간다. 미리미리 새 공책 사물함에 갖다 놔~"

"네!"

그런데 현수는 공책을 끝까지 다 쓰고서도 이틀이 지나도록 새 공책을 가져오지 않았다. 아니, 가져와야 한다는 생각 자체를 하지 못하는 듯했다.

"현수야, 공책 다 썼으면 새 걸 가져와야지. 여기 뒤표지에 쓰지 말고"

"아 맞다! 까먹었어요."

"내일은 가져올 거지?"

"네, 가져올게요."

다음 날이었다. 현수는 여전히 쓰던 공책을 내밀며, 달랑거리는 이면지 부분을 보여 줬다.

"현수야, 공책은?"

"저기…… 못 가져왔어요."

"왜 못 가져왔어?"

"집에만 가면 생각이 자꾸 안 나요. 내일 꼭 가져 올게요."

이쯤 되니 고민이 됐다. 사실, 가장 쉬운 방법은 교실에 남는 공책을 하나 건네주는 것이었다. 아니면 현수 부모님께 '공책 좀 챙겨 주세요'라고 메시지를 남길 수도 있었다. 하지만 선뜻 해결해 주고 싶지 않았다. 앞으로 이 년 후면 현수도 중학생이 될 터였다. 공부는 필수가 아니더라도, 자신이 할 일을 찾아서 하거나 필요한 물건을 스스로 챙기는 법만큼은 꼭 배웠으면 했다. 언제까지 부모님이나 선생님이 대신 챙겨 줄 수도 없는 노릇이었다. 나는 현수의 첫 번째 단추를 잘 채워 주고 싶었다. 나는 기다려야 했고, 현수는 해내야 했다.

현수는 자기도 답답하다는 듯 고개를 숙였다. 현수의 안경에 김이 서릴락 말락 했다. 그러다 무언가 생각이 났는지 조심스레 말을 꺼냈다.

"선생님, 저 손바닥에 적어 갈게요."

그러고서는 검정 볼펜을 집어 들더니, 정말 손

바닥에 삐뚤빼뚤한 글씨로 '공책'이라고 적었다. 내일은 꼭 가져오겠다는 현수의 의지가 작은 손 위에서 또렷이 빛났다. 하지만 다음날, 현수는 뭔가 잘못됐다는 표정으로 내 눈을 피하며 자리에 차분히 앉아 있었다. 그러다 눈치를 보며 슬쩍 일어나더니 교탁 앞으로 먼저 다가왔다.

"선생님, 저 공책 못 가져왔어요."

"그래?"

"저, 혹시 포스트잇 한 장만 빌려주실 수 있나요?"

"포스트잇은 왜?"

"저 할 게 있어서요."

현수의 결연한 표정에 빌려주지 않을 수 없었다. 노란색 포스트잇 한 장을 떼어 주자, 현수는 고개를 꾸벅 숙이고 자리로 돌아갔다. 그리고 잠시 후, 현수가 들고 온 것은 매일 가지고 다니는 플라스틱 물통이었다. 물통에는 노란색 포스트잇이 달랑달랑 붙어 있었다. 그리고 그 위에는 큼지막한 글씨로 [공책 가져오기]라고 적혀 있었다.

"물병은 매일 집에서 닦으니까, 여기 붙여 두면 볼 수 있을 거 같아요."

어떻게든 가져오겠다는 현수의 결심이 느껴졌다.

"오, 좋은 생각인데?"

"제가 너무 잘 까먹으니까, 이렇게라도 해야겠어요!"

나는 직감했다. 내일은 정말 가져올 수 있을 거라는 걸.

* . °

다음 날 아침, 복도 저편에서 현수가 나를 발견하자마자 달려왔다. 그리고 방긋 웃으며 복도가 떠나가라 소리쳤다.

"선생님, 저 가져왔어요!"

나는 더 큰 목소리로 현수를 칭찬해 주었다. 공책 하나를 가져오는 데 일주일이 넘게 걸렸다. 빳빳

한 새 공책을 들고 환하게 웃던 현수의 얼굴이 지금도 선명하다.

현수는 잘 잊어버리고 덤벙거리는 아이였다. 하지만 어떻게든 해 보려고 노력하는 마음이 있었다. 물통에 포스트잇을 붙여서라도 같은 실수를 반복하지 않으려는 마음. 공책을 가져오라고 시킨 건 나였지만, 공책을 가져오기 위해 애쓴 시간은 오롯이 현수의 몫이었다.

얼마 전, 인터넷에서 본 한 가수의 인터뷰가 떠오른다. 인생에서 가장 두려운 것이 무엇이냐는 질문에 그녀는 이렇게 답했다. "조금의 성장도, 발전도 없이 나이 든 내 모습을 보는 것." 어쩌면 나는 조금이라도 나아지기 위해 각자의 세계에서 분투하는, 그런 아이들 곁에서 하루를 보낸다는 사실만으로도 꽤 운이 좋은 사람인지도 모르겠다.

어린이의 몫

내가 교직에 들어선 나이는 스물둘이었다. 빠른 년생인 데다 고등학교를 졸업하자마자 교대에 입학했고, 운 좋게 곧장 임용고시에 합격했다. 이듬해부터는 정식 발령을 기다리며 기간제 교사로 일했다. 성인이긴 했지만, 지금 돌아보면 참 아무것도 모르는 나이에 사회생활을 덜컥 시작한 셈이다.

그렇다고 대학 시절 내내 세상 물정 모르고 지낸 건 또 아니었다. 대학생에게 돈은 늘 궁한 법이라, 나름 살길을 찾기 위해 이것저것 해 봤다. 키즈카페의

볼풀장과 모래 놀이터에서 안전요원으로 일하기도 했고, 냉면집과 쌀국숫집에서는 온종일 묵직한 사기 그릇을 나르며 사회의 쓴맛을 경험하기도 했다. 여하튼, 집 밖으로 나가 사람들과 부대끼며 사는 일이 결코 만만치 않다는 사실쯤은, 어렴풋이 알고 있었다는 뜻이다.

그러나 이름 뒤에 '선생님'이라는 호칭을 달고 출근하는 일은 또 다른 차원의 문제였다. 이건 쓴맛이 난다고 쉽게 뱉어 낼 수 있는 종류가 아니라, 무조건 꼭꼭 씹어 삼켜야만 하는 것이었다. 아무리 마음의 준비를 해 왔다 한들, 누군가의 선생님 노릇을 하기엔 나 역시 이제 막 알을 깨고 나온 햇병아리에 불과했다. 게다가 그 햇병아리가 갓 태어난 달걀 스물여섯 개를 품어야 한다니!

무언가 재미있는 걸 기대하는 눈빛으로 나를 올려다 보는 이 어린이들 앞에서, 내가 가진 거라곤 먼저 태어났다는 사실과 손에 쥔 교사 자격증 한 장뿐이었다. 이제 막 운전면허를 딴 사람을 경부고속도로로 데려갔다고 해서 바로 높은 속력을 낼 수 있는 건 아니지 않은가. '뭘 믿고 나를 여기 세우는 거지? 이 교실, 제대로 굴러가긴 하려나?' 나는 딱 그런 마음으로 칠판 앞에 멀뚱히 서 있었다.

교직의 어려움을 말하라면, 경력이 쌓인 지금에야 교권 보호 문제나 학생 생활지도의 난감함을 언급할 수 있겠다. 그러나 스물둘의 나는 아직 그런 깊이 있는 문제를 논할 깜냥이 되지 못했다. 지금 생각하면 조금 웃기지만, 나는 이 교실에서 대장 노릇을 해야 한다는 사실이 세상에서 제일 부담스러웠다.

어릴 적부터 앞장서는 역할에 알레르기가 있었는데, 이곳에서는 좋든 싫든 스물여섯 명의 맨 앞에 서서 '나를 따르라!'라고 말하는 사람이 되어야 했다. 내가 어떻게 하느냐에 따라 교실 분위기가 확확 달라질 수 있다는 사실과 누군가의 인생에 꽤 영향력 있는 자리에 서게 되었다는 감각은 나를 자못 부담스럽게 만들었다. 거대한 대리석 덩어리 하나를 건네받고 재주껏 조각해서 다비드상, 아니 조그만 동물모형이라도 만들어 내야 할 것만 같았다. 그리고 그 압박감이 최고조에 달한 순간이 바로, 가을 학예회였다.

"선생님, 저희 이번 학예회에서 어떤 거 할 거예요?"

"작년에는 소고춤 췄는데, 올해는 재미있는 거 하면 안 돼요?"

"이번에는 진짜 멋있는 거 하고 싶다!"

병아리 같은 3학년 아이들이 교탁 앞에 쪼르르 몰려와 순진무구한 표정으로 묻는 말들에, 나는 의도치 않게 큰 타격을 입었다.

그 무렵 학예회는 거의 〈전국노래자랑〉이나 다름없었다. 아이들에게 춤이든 노래든 가르치고 귀여운 소품을 마련해 무대를 꾸린 뒤, 그 아이들을 관객 앞에 세우는 일은 정말 상상만으로도 침대에 누워 일어나고 싶지 않았다. 잘하면 당연한 일이 되고, 조금이라도 어긋나면 그 시선은 어김없이 지도 교사인 내게로 향할 것 같았다. 물론 지금은 학부모님이 그저 내 아이의 학교생활을 보러 온다는 사실을 알지만,

그때의 나는 도마 위에서 버둥거리는 물고기가 된 기분을 쉽게 떨칠 수 없었다.

무조건, 잘 해내야만 한다는 마음으로 유튜브와 교사 커뮤니티를 몇 시간이나 뒤진 끝에, 나는 '치어리딩 댄스'를 하기로 결심했다. 〈Mickey〉라는 유명한 노래에 맞춰 양손에 응원용 수술을 들고 춤을 추는 것이었다. 반복 동작도 많고, 안무 대형도 한 번 정도만 바꾸면 스물여섯 명의 얼굴이 다 정면에 보일 것 같았다. 남은 기간은 단 3주, 나는 다른 반에 양해를 구하고 일찌감치 연습을 시작했다.

✻ _. °

지금에 와서야 고백하지만, 내가 가르치던 방식은 꽤나 스파르타식이었다. 한 동작을 보여 주고 그 동작을 모든 아이들이 잘 따라 해야지만 다음 동작으로 넘어갔다. 만약, 동작이 안되는 아이가 있으면 노래를 멈추고 계속 연습시켰다. 이렇다 할 경험이 없어 어떻게 가르쳐야 효과적인지 알지 못했고, 하나부터 열까지 내가 주도해야만 실패하지 않겠다는 생각이었다. 하지만 몰아세운다고 될 리가 없었다. 열 살은 생각보다 더 어려서, 가만히 오래 서 있지도 못하고 집중력도 짧다. 그리고 금방 다리가 아프다며 힘들어 한다. 결국 연습을 시작한 지 일주일 정도 지났을 무렵, 나는 버럭 화를 내고야 말았다. 그건 화를 빙자한 호소이기도 했다. 이쯤 되면 도대체 누구를 위한 학예회인지 모를 일이다.

"애들아, 집중 안 할 거야?"

"……아니요."

"이렇게 하면 우리 반만 무대에 못 올라가겠다!"

"…….."

"열심히 할 거지?"

"네!"

삐뚜름하게 섰던 무릎을 꼿꼿이 펴며 대답하는 착한 아이들이었다.

하지만 바쁜 일과 속에서 주어진 삼십 분의 연습

시간은 턱없이 부족했고, 마음은 점점 조급해졌다. 아침 시간을 이용해서 연습시켜야 하나, 아니면 방과 후에 남겨야 하나 고민스러웠다. 이대로 무대에 올라 간다면, 생각만 해도 눈앞이 깜깜했다.

그러던 어느 날, 연습이 끝난 뒤 쉬는 시간에 아리와 채윤이가 내 앞으로 조르르 다가와 말했다.

"선생님, 그 댄스 영상이요! 저희 학급 밴드에 올려 주실 수 있으세요?"

"응?"

"집에서 각자 연습해 오면 학교에서 더 잘할 수 있을 것 같아서요."

"집에서 연습해 온다고?"

"네!"

사실 이 방법을 전혀 떠올리지 않았던 건 아니지만, 왠지 아이들을 믿지 못해 끝내 실행에 옮기지 못했던 일이었다. 처음부터 끝까지 내가 완벽하게 가르쳐야 할 것 같은 기분, 내 몫의 역할을 다른 누군가에게 넘기면 안 될 것 같은 마음도 컸다. 하지만 이제는 밀져야 본전이었다. 나는 학급 밴드에 영상을 올리고 매일 세 번씩 연습해 오라고 알림장에 적었다.

그리고 그 효과는 놀라웠다! 아무리 연습해도 동작을 외우지 못했던 호준이는 아침에 등교하자마자 나를 붙잡고 신이 나 말했다.

"선생님, 저 어제 집에서 영상 느리게 해 놓고 연습했어요! 이제 좀 되는 것 같아요."

연습 시간에 본 호준이의 춤은 정말 눈에 띄게 능숙해져 있었다. 부진했던 다른 아이들도 마찬가지였다. 왼쪽과 오른쪽을 헷갈리고, 손이 먼저인지 발이 먼저인지 갈피를 못 잡던 아이들도 훨씬 나아져 있었다. 나는 그 변화가 신기해서 학예회 준비를 시작한 뒤 처음으로 아이들을 칭찬했다.

"얘들아, 오늘은 왜 이렇게 잘해?"

"어젯밤에 집에서 연습했어요!"

"누나가 옆에서 봐 줬어요!"

평소 연습 시간마다 울상이던 아이들 얼굴에 어느새 생기가 돌았다. 하루하루가 지날수록 아이들은 자신감을 얻기 시작했고, 무대에 올려도 될 만큼 구색도 조금씩 갖춰졌다. 그때 깨달았다. 내 몫을 아이들에게 나누어 주어도 괜찮다는 것을, 그리고 아이들을 충분히 믿어도 된다는 사실을 말이다.

교실의 유일한 어른이자 결정권자는 나지만, 때로는 아이들에게서 답을 얻기도 한다. 교실은 내가 모든 것을 끌고 가야만 유지되는 공간이 아니라, 아이들이 할 수 있는 몫만큼은 선뜻 나누어 주어도 제법 괜찮은 곳이었다. 아이들은 내가 생각했던 것보다 훨씬 스스로 헤쳐 나갈 힘이 있었다. 그 사실을 이해한 뒤로는 교탁에 서면 느껴지던 막막함이 솜사탕 녹듯 서서히 사라졌다.

믿어 주는 만큼 나아간다

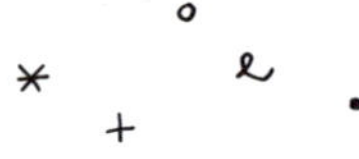

얼마 전, 장안의 화제인 솔로들이 짝을 찾는 예능 프로그램을 보다가 한 출연자의 인터뷰에 뜨끔했다. 그 출연자에게는 첫인상이 마음에 쏙 들던 상대가 있었다. 그런데 몇 번 대화를 나눠 보니, 진중하고 차분한 이미지와 달리 자기 자랑이 심해 호감이 뚝 떨어졌다는 이야기였다. 그리고 웃으면서 '사실은 저도 자기 자랑을 많이 하는 편이라, 상대방이 그렇게 행동하는 모습을 보면 유독 못 견디겠어요'라는 말을 덧붙였다. 픽 웃음이 나면서도, 속을 들킨 것처럼 화끈거렸다. 왜냐하면, 나 역시 교실에서 비슷한 경험을 자주 하기 때문이다.

나는 아이들에게 유난히 '동족 훈계'를 잘한다. 아이들이 보여 주는 날것의 모습에서 나에게도 있는 머쓱한 모습을 마주치면 순간적으로 숨겨 놓았던 버튼이 달칵하고 눌리게 된달까. 꼭꼭 감추고 싶었던 약점을 들킨 기분이라 평소보다 더 엄하게 혼을 내게 된다. '방귀 뀐 놈이 성낸다'라는 속담이 여기서도 들어맞는 셈이다.

반대로 나의 부족한 부분을 아이들이 거뜬하게 해내는 모습을 보면 그렇게 예쁠 수가 없다. '나보다 낫다' 싶은 마음마저 든다.

자, 이쯤에서 내가 감추고 싶은 일면을 하나 공개하겠다. 두둥. 그건 바로 '대충대충'이다. 자매품으로 '얼렁뚱땅'이나 '뺀질뺀질'도 있다. 하기 싫지만 해야 하는 일 앞에서 나는 종종 이 태도를 꺼내 들었다. 좋게 말하면 물 흐르듯 자연스럽게 넘어가는 것이고, 나쁘게 말하면 유연한 미꾸라지처럼 쏙 빠져나가는 거다. 그래서인지 주어진 일에 하나하나 정성을 다해 임하는 아이들의 모습을 보면 마음이 절로 경건해진다.

＊ · ∘

우리 반 찬우는 학년에서 유명한 말썽꾸러기였다. 다른 사람에게 피해를 주거나 분위기를 험악하게 만드는 '금쪽이'는 아니었지만, 잔잔한 소동이 많았다. 작은 체구에 귀여운 인상과 달리 승부욕이 유난히 강해 체육 시간마다 이름이 몇 번씩 더 불린다든지, 말투나 몸동작이 투박해 친구들과 부딪히며 종종 잡음을 내곤 했다. 악의는 없었고, 무엇보다 자기 잘못을 바로 인정하고 사과도 곧잘 해 작은 문제가 크게 번지지는 않았다. 그럼에도 담임의 입장에서는 매일 서너 번씩 '찬우가 그랬어요' 내지는 '찬우가 아까 체육 시간에요……'라는 말을 듣는 게 그리 달갑지 않았다.

그런 찬우를 다시 보게 된 건 정말 사소한 순간이

었다. 찬우는 활달하고 유머러스한 성격 덕에 친구들에게 인기가 많아 학급 회장을 맡고 있었다. 말썽과 인기는 자주 반비례하지만, 찬우는 그렇지 않았다.

어느 수요일 방과 후, 전교 회의에 가려던 찬우가 느닷없이 큰 소리로 가방을 두고 가도 되냐고 물었다. 보통은 책가방을 챙겨 회의실에 갔다가 바로 하교하는데, 뜬금없는 질문이었다. 어떻게 해도 상관없는 일이어서 나는 편한 대로 하라고 말했다. 삼십 분쯤 지났을까. 드르륵 소리가 나며 뒷문이 열렸다. 가방을 놓고 갔던 찬우였다.

"선생님, 회의 끝났어요."

"그래, 수고했어! 얼른 챙겨서 집에 가."

"넵!"

나는 찬우의 씩씩한 대답을 듣고, 하던 업무에 집중하기 시작했다. 그런데 잠시 후, 빈 교실에서 꼼지락거리는 인기척이 느껴졌다. 그러고 보니 찬우 특유의 '안녕히 계세요!' 하는 명랑한 인사가 들리지 않았다. 모니터 옆으로 고개를 돌리니, 자리에 앉아 무언가를 쓰고 있는 찬우가 보였다. 너무 조용해서 눈치채기까지 시간이 걸렸다. 왜 아직도 안 가고 앉아 있나 싶어 황급히 물었다.

"찬우야, 너 아직 안 갔어?"

"네! 거의 다 했어요."

찬우가 고개를 들며 대답했다. 뭘 다했다는 걸까 싶어 다시 물었다. 찬우의 대답은 생각지도 못한 것이었다.

"저, 이거 배움 공책 검사 아까 안 맡아서요."

"배움 공책을 쓰고 있었다고?"

"네! 저 아까 깜빡하고 못 썼어요."

우리 반은 매일 공부한 내용을 배움 공책에 정리한 뒤, 마지막 교시가 끝나기 전 한 명도 빠짐없이 검사를 맡고 간다. 아이들 수가 많지 않아 내가 일일이 검사를 해 주는데, 가끔 한두 명을 놓칠 때가 있었다. 오늘이 바로 그런 날이었다! 그런데 놓친 줄도 모르고 있던 찬우가 스스로 되돌아왔다. 검사를 맡고 가겠다고, 아무도 없는 빈 교실로 말이다. 나였으면, 이게 웬 횡재냐 싶어 곧장 집으로 갔을 텐데!

"아까 왜 검사를 못 맡았어?"

"그냥 오늘 쉬는 시간에 노느라 못 썼어요. 그래서 가방 놓고 간 거예요!"

찬우의 무해한 눈동자를 마주한 그 순간 나는 확신했다. 하루에 찬우의 이름이 서너 번씩 불리고, 말썽을 부려 나를 골치 아프게 하더라도 나는 이 아이를 인간적으로 좋아할 수밖에 없다는 사실을 말이다. 나는 나와 다른 성정의 아이들에게 무한한 애정이 샘솟도록 만들어진 사람인 게 틀림없었다.

＊ · ○

나의 '동족 훈계'가 가장 쉽게 발동되는 과목은 바로 미술이다. 초등학교 고학년의 미술 시간에는 '이만하면 됐지'와 '조금만 더 정성을 들여 보자'의 팽팽한 줄다리기 싸움이 펼쳐진다. 보통 미술은 두 시간을 연속으로 수업하는데, 시작한 지 이십 분도 채 지나지 않아 '이 정도면 충분하다'라는 표정을 짓고 작품을 들고 오는 아이들이 있다.

"선생님, 배경을 흰색으로 하면 더 예쁠 것 같아요. 색칠 꼭 해야 돼요?"

"선생님, 밑그림 다 그렸는데요. 색칠하면 망칠 것 같아서요. 그냥 이렇게 끝내도 돼요?"

아이들의 표정 너머로 이제 그만하고 싶다는 속내가 투명하게 비쳐 온다. 불안하게 흔들리는 검은자 위에서 선생님이 어물쩍 넘어가 주기를 바라는 마음도 은근하게 드러난다. 하지만 여기서 나는 쉽게 물러날 수 없다. 절대 굽힐 수 없는 '동족 훈계'가 발동하기 때문이다.

"안 돼요. 색칠 더 꼼꼼히 해 오세요."

"우리 반에 흰색 배경은 없다~"

잔뜩 싫다는 표정을 지으며 자리로 돌아가는 아이들을 보며 순간 찔렸지만, 내 몸속 세포가 시키는 일이라 어쩔 수 없었다. 그런데 이따금 아이들은 선생님의 말 한마디보다, 또래 친구의 말에 훨씬 큰 영향을 받는다.

학급 부회장이었던 예진이는 3월 임원 선거 때 이런 공약을 내걸고 당선되었다. "친구들이 힘들어하면 적극적으로 도와주는 부회장이 되겠습니다! 특히 미술은 자신 있어요." 대개 아이들의 공약은 선거 후 힘을 잃기 마련인데, 예진이는 달랐다. 정말로 스스로 미술부장을 자처하고는, 미술 시간마다 교실을 돌아다니며 친구들에게 이런저런 조언을 건넸다.

하루는 반전 그림을 그리고 있었다. 반전 그림이란 종이를 네 등분으로 접은 뒤 겉면에는 평범한 하나의 그림을 그리고, 펼침면에는 반전이 드러나는 그림을 그려 넣는 미술 활동이다. 예를 들면, 겉면에는 귀여운 피카츄를 그려 놓고, 펼침면에는 근육 빵빵한 피카츄의 반전 몸통을 숨겨 그려 넣는 식이다. 아이들은 창작의 고통 속에서 '아…… 뭐 그리지' 하는 괴로운 표정을 지었다. 아니나 다를까, 십오 분이 채 지나지 않아 영석이의 목소리가 들렸다.

"난 끝! 이제 쉴 거야."

이어서 예진이의 목소리가 들렸다.

"영석아, 이거 고래 맞지?"

"응. 수영장을 먹은 고래야."

영석이는 겉면에 커다란 고래를 그리고, 펼침면에는 수영장을 그려 넣었다. 꽤 참신한 아이디어였다. 그러나 수영장이라기엔 넓은 흰 종이에 대충 그린 사람 두 명과 튜브 한 개가 전부였다. 더구나 듬성듬성 칠한 사람의 피부는 살구색보다 흰 여백이 더 많았다.

"되게 재밌다! 그런데 수영장 하면 생각나는 걸 좀 더 그려 보면 어때? 몇 개만 더 추가하면 예쁠 것 같은데!"

"아 싫어, 이렇게 할래……. 귀찮아."

듣고 있던 내 관자놀이가 빠직하더니 뒷목이 당겼다. 동족 훈계가 발동하려던 찰나였다. 그때 예진이의 목소리가 다시 들렸다.

"아직 시간도 많은데…… 몇 개만 더 그리면 진짜 예쁠 텐데."

그 말만 남기고 예진이는 자리로 돌아갔다. 원래도 미술을 별로 좋아하지 않는 영석이었다. 다했다고 가져오면 기필코 다시 돌려보내야지 싶은 마음으로 기다리는데, 뜻밖에도 영석이는 나를 찾아오지 않았다. 귀찮아서 안 한다고 할 땐 언제고, 잔뜩 찡그린 얼굴로 색연필을 사각사각 움직이고 있었다. 예진이의 말이 효과가 있었다!

이십 분이 더 지난 후에야 영석이는 결과물을 들고 앞으로 나왔다. 고래 수영장에는 사람과 튜브에 더해 수박, 아이스크림, 선베드까지 여름 하면 떠오르는 것들로 가득했다. 나는 예진이와의 대화는 못 들은 척하고 잔뜩 칭찬을 쏟아 냈다.

"이야! 엄~청 창의적으로 잘했네! 영석이가 원래 이렇게 꼼꼼하게 잘했나?"

영석이는 살짝 부끄러워하더니 칠판에 작품을 붙이고 자리로 돌아갔다. 그리고 놀랍게도, 영석이는 이후 미술 시간부터는 꽤 오래 공을 들이는 아이가 되었다. 그만하고 싶을 때 아주 조금만 더 신경 쓰면, 생각보다 좋은 결과가 찾아온다는 걸 알게 된 것 같았다.

요즘은 교실에서 '동족 훈계'가 발동하려 할 때마다 한번 꾹 참고 아이들의 모습을 지켜본다. 함부로 단정 짓지 않으면, 아이들의 약점은 더 이상 약점이 아닐지도 모른다. 믿어 주는 만큼 아이들은 나아간다.

2장

다정한 어린이의 세계

우리 반 에이스

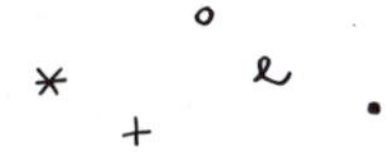

교실에는 꼭 한 명씩 '에이스'가 있다. 5학년 한울이가 바로 그런 아이였다. 응원하던 야구팀이 연패를 거듭할 때 에이스 투수가 마운드에 올라 분위기를 바꾸듯, 한울이는 어떤 상황에서도 선생님과 친구들의 무한한 신뢰를 받는 든든한 해결사이자 듬직한 아빠 같은 존재였다. 운동선수처럼 바짝 깎은 머리에 복스럽고 통통한 얼굴, 얇은 테의 도수 높은 안경을 쓴 한울이의 주변에는 늘 도움을 청하는 친구들로 붐볐다.

"한울아, 이 문제 이렇게 푸는 거 맞아?"

"한울아, 저기 보드게임 하는 애들 싸운다. 네가 좀 해결해 줘."

생일 선물로 리처드 도킨스의 《이기적 유전자》를 받았다며 기뻐하는 아이였으니 뭔가 남다르긴 했다. 아마 아이들의 세상 속에서도 특별한 친구로 보였을 것이다. 그런 한울이가 친구들에게 입버릇처럼 덧붙이는 말이 있었다. '정확하지 않아' '나도 틀릴 수 있어'라는 말들이었다. 예를 들면 이런 식이다.

"이제 이 문제 이해가 가? 근데 나도 확실히 아는 건 아니니까 한번 다시 찾아봐."

"근데 나도 정확히는 몰라. 다른 애들한테도 물어봐."

"내 말이 틀릴 수도 있으니까 너도 한번 잘 생각해 봐."

내가 옆에서 들어 보면 한울이의 말은 군더더기가 거의 없는 정답에 가까웠다. 그런데도 한울이는 친구 옆에 쪼그리고 앉아 한참 동안 성심껏 이야기하고 꼭 마지막에 한 마디를 보탰다. 무언가 우려스러운 마음에 선을 긋는 것처럼 보이기도 했다. 당당히 얘기해도 괜찮을 텐데, 굳이 그런 말을 꼬박꼬박 덧붙이는 이유가 궁금했다. 한울이의 뜻을 알게 된 건 생각보다 시간이 지난 후였다.

✳ ∙ ○

5학년 2학기 사회 시간에는 아이들이 그토록 기다리던 한국사를 배운다. 호기심으로 반짝이는 아이들의 눈빛을 마주하는 일은 즐거웠지만, 역사 수업 때마다 늘 겪는 애로 사항이 한 가지 있었다. 바로 '알고 있는 내용을 냅다 말해 버리는 아이들'이 너무 많다는 점이다.

나는 역사 속 사건들을 하나하나의 작은 이야기로 접근하며 수업을 진행하는데, 이미 예습해 온 아이들이 기승전결의 '승' 단계에서 다짜고짜 결말의 스포일러를 터뜨려 버리곤 했다. '저 이런 것도 알아요!' '저 대단하죠?'라는 표정을 지으며 쳐다보는 아이들은 만져 달라고 옆에 와서 몸을 비비는 애교 가 득한 강아지들 같았다. 칭찬받고 싶은 마음을 모르는 건 아니었지만, 수업에 방해되니까 꾹 참자고 몇 번을 타일러도 잘 고쳐지지 않았다.

반면 모르는 질문이 나올 때면 아이들은 틀릴까 봐 아예 입을 꾹 다물고 아무 말도 하지 않으려 했다. 어떨 때는 말하고 싶어 입맛을 다시는 아이들을 진정 시키고, 또 어떨 때는 아무 대답이라도 할 수 있게끔 독려하는 것이 사회 시간의 가장 큰 미션이었다.

어느 가을날의 사회 수업 시간, 아이들은 입을 꾹 다물고 아리송한 표정으로 딴청을 피웠다. 내용이 좀 어려웠는지 정답을 잘 모르는 것 같았다. 교실에 는 오랜만에 정적이 흘렀다. 그런데 맨 앞에 앉아 있 던 한울이가 짝꿍에게만 들릴 법한 아주 작은 목소리 로 나지막이 정답을 속삭였다.

"한울이가 크게 이야기해 볼래?"

"아, 아니요!"

한울이는 당황한 듯 눈을 동그랗게 뜨더니 손사래를 치며 거부했다. 발표를 좋아하는 아이라 당연히 자신 있게 말할 줄 알았는데 의외였다. 나는 어쩔 수 없이 다른 아이들에게 시선을 옮겼다.

근거 있는 상상력을 펼치는 아이들 사이로 대답을 피하던 한울이가 슬며시 다시 손을 들었다. 그런데 아까 중얼거렸던 정답이 아닌 다른 답을 말하는 게 아닌가. 6교시 수업이 끝난 뒤, 하교 시간을 틈타 청소하던 한울이에게 넌지시 물었다.

"한울아, 아까 사회 시간에 답을 알고 있었던 것 같은데, 왜 발표하지 않았어?"

"아, 그거요. 알고 있긴 했는데……."

한울이는 손에 들고 있던 빗자루를 땅에 내려놓더니 잠시 뜸을 들였다.

"저는 한국사 검정 시험 공부하느라 알고 있긴 했는데요, 뭔가 저만 자꾸 말하면…… 친구들이 자기는 모른다고 생각할까 봐요."

예상하지 못했던 대답이었다.

"그리고 저는 이미 알고 있는 내용이니까 상관없지만, 친구들도 생각할 시간이 필요하지 않을까 싶어서요."

정답을 말해 인정받는 것보다, 함께 공부하는 친구들의 마음을 헤아리는 것이 우선이었다는 뜻이었다. 이 열두 살 아이의 대답이 너무나도 사려 깊고, 성숙하게 느껴졌다.

세상에 자랑하고 싶은 마음이 없는 사람이 어디 있을까. 게다가 한창 인정받고 칭찬받고 싶어 할 나이였다. 그제야 한울이가 습관적으로 덧붙이던 '정확하지 않아' '나도 틀릴 수 있어'의 의미가 이해되었다. 그 말들은 친구의 마음을 한 번 더 헤아리는 넉넉한 시선의 일부였다.

부끄럽지만, 나는 자랑의 역사가 꽤 깊은 편이다. 내가 아는 것을 잔뜩 말하고 싶은 욕구와 내세우지 않는 것이 미덕이라는 생각이 치열한 기싸움을 벌이다가, 결국 내세움의 욕구가 승리하는 모습을 방관

하며 지낸 편이었다. 요즘 같은 자기 브랜딩 시대에, 아는 것을 말하는 게 뭐가 문제냐고 되묻는 이들도 많을 것이다. 그럼에도 부끄럽다고 생각하는 이유는, 때와 장소를 가리지 않는 '자랑'이 종종 주변을 곤혹스럽게 만들었다는 것을 이제는 알기 때문이다.

＊．°

대학교에 다닐 때 간단한 프로그래밍 수업이 있었다. 나는 이미 과제에 사용할 프로그램을 배운 적이 있어 동기들보다 능숙하게 다룰 수 있었다. 헤매고 어려워하는 동기들을 보면서도 나는 자중하지 못하고 내 능력치를 동네방네 자랑하는 것을 선택했다(물론 지금도 매우 부끄럽다). 내가 더 잘한다는 사실을 인정받고 싶은 충동에 시야가 좁아진 것이다.

해당 수업의 교수님은 자기 수업에 강한 프라이드가 있었고, 깐깐했으며 학생들에게 엄격했다. 공교롭게도 나는 그의 애제자가 되었고, 그 수업의 과제

난이도와 양을 끌어올리는 비극적인 결과를 낳았다. 아마 그 수업을 같이 들었던 몇몇 동기들에게 나는 끔찍한 악역이었을 것이다.

요즘도 가끔 지인들과 한창 수다를 떨고 난 뒤, 집에 돌아오는 길에 괜히 얼굴이 화끈거릴 때가 있다. 방금 나눈 대화가 내 자랑을 위한 건 아니었는지, 내 말속에서 누군가가 들러리가 되진 않았을지 곱씹어 본다.

"겸손은 허공이 아니라 현실에 발을 붙인 채
스스로 중심을 잡고 단단히 서 있으려는 노력이다."

마티아스 뇔케 《나를 소모하지 않는 현명한 태도에 관하여》(퍼스트펭귄, 2024, 130쪽) 중 한 구절이다. 어쩌면 열두 살 아이가 정답을 알아도 말하지 않았던 이유는 현실에 단단히 서기 위한 부단한 노력이 아니었을까. 나도 이 어린이의 곁에서 부단히 노력하는 어른이 되고자 한다.

툭, 두고 간 마음

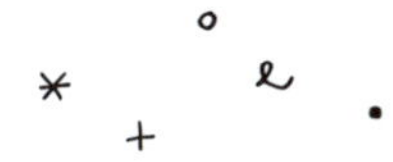

　5월은 미처 전하지 못한 마음을 건네기에 가장 좋은 달이다. 어쩐지 따뜻하고 풍성한 멍석이 깔린 것처럼 느껴지는 달. 평소에는 쑥스러워 깊숙이 진심을 숨겨 두었던 사람도 'OO의 날'이 줄줄이 이어지는 5월만큼은 어디선가 작은 용기가 툭 하고 튀어나온다. 따뜻한 볕이 마음의 빗장을 슬며시 열어 주는 이때를 놓치면 괜히 아쉬운 마음에, 교실 안의 나는 분주해진다.

　가장 먼저 찾아오는 건 5월 5일 어린이날이다.

이날은 '멋진 어린이 상'을 만들어 자기 자신을 칭찬하거나, 평소 고마웠던 친구에게 마음을 담아 편지를 써 보게 한다. 그다음 8일 어버이날이 되면 색종이로 카네이션을 접고, '분리수거 도와드리기' '뽀뽀하기' '안마하기' 같은 귀여운 미션이 담긴 효도 쿠폰도 만들어 본다. 부모님께 감사한 마음을 담아 한 글자 한 글자 꾹꾹 눌러 쓴 편지도 빼놓을 수 없다.

마지막으로 15일은 스승의 날이다. 사실 요즘 선생님들은 이날을 스승의 날보다 세종대왕 탄신일로 불러 주길 바랄지도 모른다. '스승'이라는 호칭이 현실과 동떨어져 부담스러워진 지 오래이기 때문이다. 그럼에도 이날을 기억하고 일부러 찾아오는 아이들이 있다. 아마, 전 담임 선생님께 편지를 쓰자고 권해 준, 현 담임 선생님들의 마음 덕분일 것이다. (나 역시 작년 담임 선생님께 편지를 쓰라고 닦달하는 사람 중 하나다.)

몇 달 전까지만 해도 어리광을 부리며 장난치던 아이들이 한 살 더 먹었다고 제법 의젓한 얼굴로 교실 문을 열고 들어온다. 직접 만든 투박한 색종이 카네이션과 스티커가 잔뜩 붙은 편지 속 진한 연필 자국 앞에서는, 어정쩡한 스승인지 뼛속까지 직장인인지 재고 따질 새 없이 그저 마음이 뿌듯해진다. 그중에서도 연서의 편지가 유난히 기억에 남는다.

연서는 나와 사계절을 함께 지내는 동안 대화를 열 마디나 나눴을까 싶을 정도로 말수가 적은 아이였다. 선생님과는 썩 친하지 않았고, 늘 마음에 맞는 두세 명의 친구와만 어울렸다. 굳이 들여다보지 않으면 교실에 있는 줄도 모를 정도로 조용했다. 그래서였을까. 어느 스승의 날 하교 시간에 연서가 편지를 들고 찾아왔을 때, '어떻게 여기까지 와 줬지?'하며 반가움을 표하는 리액션조차 제대로 나오지 않을 정도로 놀랐다.

연서는 나를 오랜만에 보면서도 다른 아이들처럼 "선생님!" 하고 웃으며 반가워하지도 못하고 뒷문 근처를 서성였다. 나와 눈이 마주치고 나서야 쪼르르 교실로 들어오더니, 고개를 까딱하고는 흰색 편지를 툭, 교탁 위에 올려 두었다. 봉투도 없이 쪽지 모양으로 접은 편지였다. 6학년이 되어 잘 지내는지 물어보고 싶었지만, 누가 쫓아오기라도 하듯 연서는 얼굴을 붉히며 사라졌다.

나는 사실 아이들에게 편지를 받으면 그 내용이 쉽게 예상되는 편이다. 이건 일종의 직업병과도 같다. 편지도 어찌 됐든 글쓰기라, 일 년 동안 지켜봤던 그 아이의 작문 실력이나 표현력만으로도 어떤 이야기가 펼쳐질지 짐작이 간다.

하지만 연서는 글쓰기 시간을 그다지 좋아하지 않았다. 더욱이 우리 둘만 공유했던 추억이 있다거나, 내가 연서에게 편지를 받을 만큼 무언가 잘해 줬던 기억이 있는 것도 아니어서 도통 어떤 내용일지 상상이 되지 않았다. 현재 담임 선생님의 압력에 의해 어쩔 수 없이 편지를 써 왔겠다고, 은연 중에 생각할 뿐이었다. '그대로 집으로 가져가기엔 뭐하니, 수업이 끝나고 아래층으로 내려가는 김에 들렀겠지.'

그렇게 별 기대 없이 편지를 열었다.

＊ ． ○

　　나는 매년 학기 초가 되면 연례행사처럼 꼭 자기소개하는 시간을 가진다. (싫어하는 독자분들의 질타는 달게 받겠다.) 대본 없이 던져 놓는 식의 자기소개는 아니고, 책상 위에 둘 삼각 이름표를 먼저 만든 뒤 그걸 들고 친구들 앞에서 자신을 소개하는 방식이다. 삼각 이름표에는 이름 외에도 좋아하는 과목, 취미, 꿈 등 자신에 대해 간단하게 적을 수 있는 칸이 있었다. 거기에 적은 내용을 앞에 나와서 읽기만 해도 괜찮았다. 같은 반에서 일 년을 보내기 전에 하는 가벼운 몸풀기 게임 같은 것이었다.

　　우선 교실 중앙에 나와 발표할 수 있도록 책상을 디귿자 형태로 만든다. 한 명도 빠짐없이 모두 말하는 것이 원칙이다. 아이들은 끔찍하다는 표정을 짓곤 했는데, 사실 자기소개 자체가 싫다기보단 말하는 게 긴장돼서 부담스러운 쪽에 가까웠다. 하지만 처음 한두 명이 발표하기 시작하면 금세 분위기가 풀리고, 먼저 하고 싶다고 손드는 아이도 생긴다.

연서는 편지에서 그때의 이야기를 하고 있었다. 그제서야 나도 기억이 났다. 그날 연서는 끝까지 손을 들지 않았고, 발표 순서의 마지막 즈음에서야 이름이 불렸다. 그런데 자리에서부터 영 일어나지 못하더니, 어렵사리 앞에 나와서도 입을 떼지 못하고 삼각 이름표의 모서리만 만지작거렸다. 뭔가 불안한지 몸을 좌우로 자꾸 흔들고, 시선도 친구들이 아닌 왼쪽에 서 있던 나를 향했다.

"연서야, 자기소개 해 볼까?"

"……"

"이름표에 적은 거 그냥 친구들에게 읽어 줄래?"

"……"

묵묵부답이었다. 앉아 있던 아이들은 나도 저 마음 안다는 표정으로 응원의 눈빛을 조용히 보내 주었다. 연서는 여전히 자신이 없어 보였다. 몸을 배배 꼬고 발끝으로 바닥을 몇 번 툭툭 치더니, 갑자기 옷소매로 눈가를 훔쳤다. 그리고 곧 으앙-하며 두 살배기 아기 같은 울음을 터뜨렸다. 나와 아이들은 동시에 숨을 삼켰다. 사실 고학년쯤 되면 공개적인 자리에서 눈물을 보이지 않으려 애쓰는 아이들이 많다. 나는 조금 당황스러웠지만, 연서에게 무슨 일인지 달래듯 물었다.

"연서야, 못 하겠어?"

"……."

"괜찮아~ 긴장될 수도 있지. 선생님도 잘 모르는 사람들 앞에서 말해 보라고 하면 떨릴 때가 많아!"

연서는 닭똥 같은 눈물만 주룩주룩 흘릴 뿐 대답이 없었다. 우는 아이를 교실 한복판에 계속 서 있게 놔둘 수는 없었기에, 나는 연서의 등을 쓰다듬어 주며 자리로 우선 돌려보냈다.

그 이후로 나는 태연한 척했지만, 연서의 눈물이 마음에 자꾸 걸렸다. 내가 괜히 아이에게 트라우마를 생기게 한 건 아닌지 걱정이 됐다. 그 다음부터 나는 다수를 향해 발표해야 하는 상황이 생기면 연서에게 미리 얘기를 해 주었다. 다음 국어 시간에 논설문 발표를 할 예정이면 미리 연습해 보라고 알려 주었고, 음악 시간에 한 명씩 단소를 연주해야 하면 쉬는 시간에 몇 번 미리 불어 보라고 일러 주었다. 일종의 예고편이었던 셈이다. 그런데 연서는 그 말이 무척 도움이 됐던 모양이다.

[선생님 발표할 때마다 저한테 미리 알려 주셔서 감사했어요. 직접 말하기는 창피해서 편지로 썼어요. 작년에도 부끄러워서 말을 못 했어요.]

화려한 스티커도, 정성스러운 그림도, '사랑해요' 같은 애교도 없었다. 그런데도 그 편지를 읽는 순간, 오래도록 기억에 남겠다는 예감이 들었다. 실제로 나는 교실을 옮길 때마다 '일 년만 더 갖고 있자'고 스스로 설득하며, 아직도 연서의 편지를 간직하고 있다.

＊ ． ○

　　매년 5월 5일, 8일, 그리고 15일이 다가와 아이들에게 편지를 써 보자고 하면, 백이면 백 이런 질문이 돌아온다.

　　"선생님, 편지에 뭐 써요? 쓸 내용이 없는데."

　　"선생님, 몇 줄 써야 돼요?"

　　"이거 꼭 해야 돼요?"

　　그럴 때면 나는 따분한 표정을 짓고 있는 아이들에게 연서와 나의 이야기를 들려준다. 연서라는 친구에게 이런 편지를 받은 적이 있는데, 그 편지가 너무너무 고마웠다고. 선생님이 아주 가볍게 건넸던 말과 행동 하나가 누군가에게 도움이 되었다는 사실을 알게 되었을 때, 정말 행복했다고. 그리고 덧붙인다. 고마운 마음을 전하는 일은 해도 되고 하지 않아도 되는 선택의 영역이지만, 혹시나 용기를 낼 수 있다면 한 번쯤은 전해 보면 좋겠다고. 가까운 사람일수록 익숙해져서 고마운 일이 바로 떠오르지 않더라도, 잠시 멈춰서 곰곰이 생각해 보면 하고 싶은 말이 분명 하나쯤은 생길 거라고 말이다.

이렇게 말하면, 방금까지 입이 삐죽 나와 있던 아이들도 금세 고개를 숙이고 정수리를 보인다. 그리고 무언가 떠올랐다는 얼굴로 이렇게 묻는다.

"선생님, 몇 시까지 다 써야 한다고 했죠?"

마음이 가는 대로

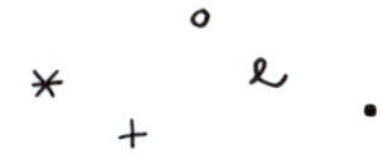

어릴 적 나는 일명 '몰라몰라병'을 앓고 있었다 (물론, 내가 직접 만든 명칭이다). 부모님, 선생님, 친구들, 그 누가 무엇을 물어도 나는 높은 확률로 "잘 몰라!"라고 대답했다. 연극배우가 무대에서 달달 외운 대사를 자동으로 내뱉듯, 생각이 머리를 거치기도 전에 모른다는 말이 불쑥 튀어나왔다. 나는 그 말을 어디서든 내밀면 통과할 수 있는 프리패스 티켓쯤으로 여겼던 것 같다.

초등학교 4학년 때는 양쪽 허벅지에 주머니가

주렁주렁 달린 카고 바지가 한창 유행했다. 소위 말해 잘나가는 아이들이 주로 입는 옷이었다. '나'라는 어린이와 '잘나가는 것'은 극과 극의 관계였지만, 왠지 모르게 그 바지를 꼭 입어 보고 싶었다. 몇 날 며칠을 조른 끝에 엄마와 함께 아파트 칠일장의 옷 가게로 갔다.

"이 바지 말하는 거지? 무슨 색 살래? 카키색? 아니면 분홍색?"

"음…… 몰라."

"왜? 예쁜 거 골라 봐."

"몰라……. 못 고르겠어. 엄마가 골라 줘."

'몰라몰라병' 중기를 넘어서고 있던 나에게 바지 색깔을 고르는 것은 무척 난이도가 높은 일이었다. 결국 엄마가 예쁘다고 한 분홍색으로 골랐다. '몰라'라는 말은 단순히 옷뿐만 아니라 좋아하는 일이나 하고 싶은 일, 심지어 저녁 메뉴를 고르는 사소한 상황에서도 사정없이 튀어나왔다.

사실, 성인이 되기 전까지는 별다른 문제가 없었

다. 늘 한 발짝 뒤로 물러서 있는 기분이 들긴 했지만, 학창 시절의 목표는 단순했으니까. 부모님 속 썩이지 않고 공부만 그럭저럭 해내면 그만이었다. 하지만 스무 살을 넘기자 분위기가 달라졌다. 이제는 내 앞에 놓인 크고 작은 선택들을 스스로 해야만 했다. 앵무새처럼 '몰라'를 반복하기엔 세상은 생각보다 냉정했고, 나의 우유부단함은 은근슬쩍 다른 사람의 몫으로 넘어가 민폐가 되곤 했다. 대형 쇼핑몰 한가운데서 엄마 아빠의 손을 놓쳐 버린 아이처럼, 길은 많은데 어디로 가야 할지 도통 알 수 없는 그 상태를 벗어나는 것이 성인이 된 내게 주어진 과제였다.

✳ ﹒ ˚

시키는 대로 하는 게 곧 잘하는 일인 줄만 알았던 나의 어린 시절과 달리, 요즘 교실에선 꽤 적극적인 질문들이 오고 간다.

가만히 있어도 땀이 주르륵 흐르는 후덥지근한

여름의 절정이자, 1학기를 마치고 방학식이 있던 날이었다. 평소에는 당번이 돌아가며 간단히 청소를 하지만, 이날만큼은 다 함께 대청소를 한다. 한 학기를 마무리한다는 뜻도 있지만, '아, 이제 정말 방학이구나'를 가장 분명하게 느낄 수 있는 전야제 같은 시간이기도 하다.

스물네 명의 아이들이 동고동락한 흔적이 가득한 교실은 청소할 곳이 산더미다. 평소에 흐린 눈을 하며 넘어갔던 부분도 이날만큼은 외면할 수 없다. 바닥 쓸기, 대걸레질, 칠판과 사물함 위 닦기, 분리수거, 신발장 정리까지. 인원수에 맞게 역할을 고루 나누는 건 내 몫이고, 가위바위보로 하고 싶은 일을 정하는 건 아이들의 몫이다.

가장 인기 있는 일은 교실 밖으로 나갈 수 있는 분리수거, 가장 인기 없는 건 바닥을 쓸고 닦는 일이었다. 겨우 한 시간 동안 맡을 청소 구역을 정하는 것일 뿐인데도, 아이들은 게임 결승전에 낼 캐릭터를 고르는 것처럼 가위바위보에 신중했다. 패자부활전을 포함한 긴 혈투 끝에 각자의 역할이 정해졌다.

"본인이 맡은 역할 다 알지? 이제 시작하자!"

창문을 열고 책걸상을 복도로 옮기며 대청소가 시작됐다. 창문 밖에서 뜨거움을 머금은 습한 바람이 잔뜩 들어왔다. 교실은 금세 한증막처럼 달아올랐고, 아이들은 땀방울을 흘리며 각자의 일을 끝내기 위해 분주히 움직였다. 청소를 시작한 지 십 분쯤 지났을 무렵, 교실 한 바퀴를 돌며 청소 구역을 확인하던 나는 뒤편 구석에 웅크리고 앉아 있는 재훈이를 발견했다.

재훈이는 이리저리 흐트러진 보드게임 상자들을 다 꺼낸 뒤 제각각 흩어진 카드를 가지런히 모으고, 굴러다니는 말은 제자리를 찾아 주고, 찢어진 상자와 흐물흐물해진 보드판은 스카치테이프로 단단히 고정하고 있었다. 한 보드게임에서는 말 개수가 모자랐는지 분실물 상자에서 플라스틱 펜 뚜껑을 하나 가져와 말처럼 쓰라고 담아 놓기까지 했다. 나는 '보드게임 정리'라는 역할을 따로 만든 기억이 없었다.

"재훈아, 너 뭐 해?"

“아 선생님 저 원래 1분단 대걸레 닦긴데요, 아직 애들이 바닥 쓸고 있어서 이거 정리하고 있었어요.”

“그래? 네가 그냥 하는 거야?”

“아 네, 대청소할 때 같이 하면 좋을 것 같아서요. 지금 어차피 기다려야 하고요. 해도 되죠?”

당연히 해도 된다는 내 대답을 듣자마자 재훈이는 다시 무릎을 굽혀 보드게임을 정리하기 시작했다. 재훈이의 관자놀이에는 땀이 송골송골 맺혔다.

삼십 분쯤 지나자, 일찌감치 청소를 끝낸 아이들이 삼삼오오 모여 쉬거나 수다를 떨었다. 그때 구석에 서 있던 주한이가 잠시 두리번거리더니, 양손에 물티슈를 들고 나를 불렀다.

“저, 선생님!”

“응?”

“제가 할 일은 다 했는데요, 아까 보니까 신발장 위에 먼지가 많더라고요. 혹시 저, 신발장 청소 도와 줘도 돼요?”

“안 힘들겠어?”

"그냥 시간도 남고, 할 일도 없고…… 도와주면 좋을 것 같아서요!"

얼떨떨한 마음으로 고개를 끄덕이자, 주한이는 곧장 복도로 나갔다. 그리고 신발장 앞에 쪼그려 앉아 맨 아래층부터 걸레질을 시작했다.

우리 반 대청소는 한 시간을 꼬박 채워 끝났다. 청소를 마친 재훈이와 주한이는 시원한 에어컨 바람 아래서 그새 웃고 떠들며 장난을 치고 있었다. 두 아이의 마음이 교실 구석구석 전해져서였을까. 교실이 그 어느 때보다 더 반짝이는 것처럼 느껴졌다.

＊　．　°

마음이 향하는 일 가운데 하나를 골라 말로 꺼내는 일이 어려워, 대부분의 선택을 타인의 결정에 맡기곤 했던 나의 어린 시절이 겹쳐 보였다. 그래서인지 사소한 일 하나까지도 스스로 선택하는 아이들의 모습은 내 마음에 오래도록 남았다.

땀을 뻘뻘 흘리며 보드게임을 정리하던 재훈이와 두 손에 물티슈를 들고 신발장으로 향하던 주한이는 '몰라' 뒤에 숨지 않는 아이들이었다. 아무도 가지 않은 길이라 해도 거침없이 자신만의 발자국을 하나씩 찍어 갈 것만 같은, 그런 아이들이었다.

다정한 상상력

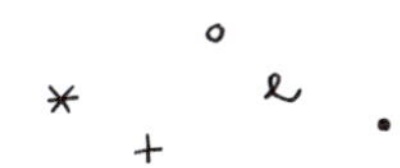

12월의 어느 날, 날씨가 갑작스레 영하로 떨어지면서 학교 복도의 공기가 한층 싸늘해졌다.

아이들이 모두 집에 가고 난 뒤 와글와글함이 사라진 오후의 학교에는 적막만이 감돌았다. 나는 화장실에 가기 위해 양손을 바지 주머니에 깊숙이 찔러 넣은 채, 복도를 종종걸음으로 지나갔다.

참새가 방앗간을 그냥 지나치지 못하듯, 평소 같았으면 복도를 걸으며 무심코 신발장을 들여다보고 우산 정리함이라도 살폈을 텐데, 추위 앞에서는 별수 없었다. 나의 내비게이션이 안내하는 목적지는 오직 화장실 한 곳뿐이었다. 그때 갑자기 복도 왼편 창틀에 놓인 어떤 물체가 슬로비디오처럼 시선을 끌었다. 아이들이 하교할 때까지만 해도 없었던 무언가가 그 자리에 생겨나 있었다.

그것은 어른 주먹 크기의, 연분홍색 털을 가진 직립보행 토끼 인형이었다. 인형은 대충 아무렇게나 놓인 것이 아니라, 마치 진열장에 귀한 사기그릇을 하나씩 세워 둔 것처럼 곧게 서 있었다.

토끼 인형에 대한 호기심은 화장실을 향한 급한 발걸음조차 단숨에 멈춰 세웠다. 몸을 창틀 쪽으로 돌려 한 발, 두 발 다가섰다. 그리고 정면으로 인형과 마주한 순간, 나는 앗-하고 웃음이 터지고 말았다. 그 이유는 두 가지였다.

첫 번째, 팔다리 관절이 움직이는 형태의 토끼 인형은 마치 사람이 엎드려 우는 자세처럼 두 팔이 얼굴 쪽을 향해 들어 올려져 있었다.

두 번째, 토끼 인형의 옆에는 공책을 아무렇게나

뜯어서 쓴 듯한 쪽지가 놓여 있었다. 그 안에는 "우리 주인 찾아요! 주인 어딨어ㅠㅠ?"라고 적힌 말풍선이 그려져 있었다. 눈물을 뚝뚝 흘리는 애처로운 토끼 그림까지 함께.

이름 모를 어떤 아이가 복도에서 혼자 돌아다니고 있는 인형을 발견하고 차마 그냥 지나치지 못했던 모양이다. 홀로 있는 인형이 외롭지 않도록, 애타게 주인을 찾는 목소리까지 직접 만들어 주고 간 그 귀엽고 사랑스러운 상상력에 웃음이 나오지 않을 수가 없었다.

아이들의 상상력은 '멈춤' 버튼이 없어서, 생각보다 훨씬 더 자유롭게 교실 안을 흘러 다닌다. 그리고 낙엽이 이곳저곳에 내려앉듯이 교실 곳곳에서 반짝반짝 존재감을 빛낸다. 그 기발한 상상력을 우연히 맞닥뜨리는 순간, 나는 속수무책이 된다.

상상력에는 여러 결이 있다. 하나를 가르쳐 주면 열을 떠올리는 똑똑한 상상력도 있고, 남들이 쉽게 하지 못하는 독특한 발상을 해내는 기발한 상상력도 있고, '이 문제를 이렇게 해결한다고?' 싶은 대단한 상상력도 있다. 하지만 내가 정말 좋아하는 순간은 바로 다정한 상상력을 목격할 때다. 토끼 인형의 주인을 찾아 주려고 복도 구석에 쪼그려 앉아 종이를 끄적였을, 누군가를 위하는 마음에서 시작된 따뜻하고 다정한 마음의 상상력 말이다.

✳ ⋅ ∘

　　우리 반 분리수거함의 뚜껑이 망가졌던 적이 있다. 분리수거함은 플라스틱 뚜껑이 달린 3단 구조였다. 뚜껑은 원터치 방식이었는데 검지 손가락으로 살짝 누르면 열렸다가, 다시 힘을 줘서 누르면 닫혔다. 그중 재활용 종이를 넣는 맨 위 칸의 뚜껑이 망가진 것이다. 아무리 힘을 줘도 '딸깍' 하는 경쾌한 소리가 들리지 않았다. 분리수거함은 내가 이 교실로 이사 오기 전부터 터줏대감처럼 자리하고 있던 것이라 꽤 오래되긴 했었다.

"선생님 이거 망가졌어요~"

"선생님~ 이거 잘 안 돼요."

아이들은 쓰레기를 버리는 순간마다 찾아와 분리수거함이 망가졌다고 성실하게 보고했다. 그런데 문제는 당장 새로 살 정도는 아니었다는 것이다. 비용이나 번거로움을 떠나서, 이렇게 살짝 망가진 물건을 버리고 새로 산다는 게 좀 아깝게 느껴졌다. 심지어 아래 두 칸의 뚜껑은 아주 잘 열리고 닫혔다. 결국 나는 '일단 올해만 쓰고 내년에 생각하자'의 전략을 택했다.

뚜껑이 자동으로 열리지 않을 뿐이지 가장자리 틈에 손가락을 살살 넣어 뚜껑을 들어 올리는 조금의 수고만 곁들이면 사용할 만했다(결코 위험하지 않았음을 밝힌다). 역시 인간은 적응의 동물이라, 아이들도 몇 번 해 보더니 뚜껑을 곧잘 들어올렸다.

그런데 일주일쯤 지나, 이면지를 정리하려고 분리수거함 쪽으로 다가갔을 때였다. 맨 위쪽 망가진 뚜껑에 이전에 없던 무언가가 새로 생겨 있었다. 길쭉한 띠 모양의 종이였는데, 고양이 꼬리처럼 뚜껑 입구에 떡 하니 붙어 있었다. 나는 안쪽에서 재활용 종이가 튀어나왔나 싶어 들여다보다가 이내 또 앗- 하고 웃음을 터뜨릴 수밖에 없었다. 그건 바로, 누군가 만들어 놓은 '손잡이'였다!

종이를 띠처럼 길게 자르고, 투명 테이프를 둘둘 감아 손상되지 않도록 보호하는 정성까지 가득 담은 손잡이였다. 게다가 삐뚤빼뚤하고 귀여운 글씨로 '여기를 잡고 천천히 열어 주세요!'라고 적혀 있었다. 당장 이 앙큼한 손잡이를 만든 아이를 찾고 싶었다.

"얘들아, 이거 누가 만들었니?"

아이들은 궁금하다는 표정으로 상체를 번쩍 일으켰다가 내가 가리킨 손잡이를 보고 웅성거렸다. 그때였다.

"아, 선생님! 그거 제가 만들었어요!"

지호가 손을 번쩍 들더니 함박웃음을 지으며 말했다. 지호는 우리 반 부회장이었는데, 착실한 성격에 귀여운 눈웃음을 가진 남학생이었다. 나는 지호의 미소를 따라 웃었다.

지호는 손잡이를 잡고 위로 젖히면서 어떻게 뚜껑을 여는지 몸소 보여 주었다. 어떻게 이런 걸 만들 생각을 했느냐고 감탄하며 물었더니, 친구들이 불편해 하는 것 같아서 만들었다는 답이 돌아왔다.

친구들이 분리수거함을 편하게 사용했으면 싶은 지호의 순수한 마음에, 그리고 그 마음을 표현하는 다정한 상상력에, 나는 한동안 지호에게 무장 해제되었다. '불편해도 그냥 써야지'라고만 생각했던 스스로가 조금 머쓱하게 느껴졌다. 지호는 소소하지만 확실하게 다정했다. 우리 반 친구들에게, 선생님에게 진심이었다. 그 다정한 상상력의 결과물이 얼마나 사랑스럽고 소중하게 다가왔는지 모른다.

타인에게 다정한 것이 난이도 1단계라면, 그 다정함을 담아 무언가 만들어 내는 것은 5단계쯤 되는 것 같다. 한 번 다가가고, 두 번 생각해야 하는 일이기 때문이다. 아이들이 기꺼이 두 번의 품을 들여 다정함을 눈앞에 펼쳐 놓았을 때, 그리고 그 안에 진하게 농축된 진심이 느껴질 때, 나는 그 상상력의 첫 번째 목격자가 되었다는 행운에 뭉클해진다.

＊ ．º

사실 내가 주로 머무는 어른들의 공간에도 다정함의 흔적은 존재한다. 한여름 공용 냉장고 냉동실에는 언제나 새것처럼 단단한 얼음이 채워져 있고, 한겨울이면 나보다 일찍 출근한 부장님이 우리 반 히터를 먼저 따뜻하게 틀어 주시기도 한다. 후배가 힘들어 보였는지 달달한 과자와 커피 하나를 몰래 두고 가는 익명의 선배님도 있고, 택배를 가져올 때 내 것도 함께 챙겨 주는 옆 반 동료 선생님도 있다. 이들도 어릴 적에는 토끼 인형을 창틀에 올려놓은 이름 모를 아이나 친구들의 불편함을 헤아리는 지호 같은 어린이가 아니었을까. 주변을 맴돌며 작은 온기를 남기는 다정함의 출처를 생각하다 보면, 왠지 모르게 그들의 어린 시절도 궁금해진다.

어린이들의 다정함이 시간이 지나도 사라지지 않고, 세상 구석구석에 오래도록 남아 있으면 좋겠다.

그럴 수도 있다는 말

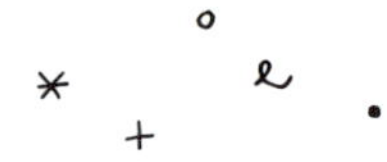

교사라는 직업의 특수성이 있다면, 모든 게 일 년 단위로 리셋된다는 점이다. 학년도, 만나는 어린이도, 맡는 업무도, 함께 일하는 동학년 선생님들도 완전히 달라진다. 가끔은 일 년 계약직을 끝없이 갱신하는 직업처럼 느껴지기도 한다.

3월, 꽃샘추위에 등 떠밀리듯 시작된 일들은 한 해를 돌아 이듬해 1월, 종착역에 닿는다. 이 시스템의 장점은 그해 아이들을 일 년만 보면 된다는 것이고, 단점 역시 그 아이들을 일 년밖에 못 본다는 데 있다.

이 리셋 시스템은 교사의 성향에 따라 만족도가 크게 갈린다. 이를테면 정이 많았던 내 친한 동기는 온 힘을 다해 라포▾를 쌓아 놓은 아이들을 위 학년으로 올려 보내는 순간이 늘 섭섭하다고 말했다. 나 역시 매년 새로운 아이들과 관계를 처음부터 쌓아 올리는 일이 전혀 부담스럽지 않은 건 아니었지만, 그래도 끝이 있음에 조금 더 감사함을 느끼는 편이었다.

새로운 시작에 있어 가장 큰 이벤트는 반 편성이다. 고학년 어린이들의 경우, 이미 다년간 보여 준 퍼포먼스가 있기에 더 신중하게 가르고 모은다. 담임 선생님들이 1차로 판을 짜고, 전담 선생님들까지 초대해 검토한 뒤 최종 결정한다. 하지만 결국은 열어 봐야 안다. 반 편성은 흔히 말하는 '긁지 않은 복권'과 같다. 아이들 간의 조합이 잘 만든 비빔밥처럼 버무려지

▾ 라포(rapport). 사람과 사람 사이에 생기는 상호 신뢰 관계를 말하는 심리학 용어.

면 탈이 없지만, 고추장이 지나치게 맵거나 애호박이 과하게 들어간 비빔밥처럼 미묘하게 어긋나면 별로 마주치고 싶지 않은 시너지가 만들어지기도 한다.

한 해는 유독 자기주장이 강한 아이들이 모여 있는 반을 맡았다. 아이들 중 8할이 전부 수다스럽고 적극적인 '학급 회장 스타일'이었다. 목소리는 우렁찼고, 고집이나 승부욕도 만만치 않게 셌다. 심지어 평범한 대화조차 전투적으로 들릴 정도였다. 사투리가 센 사람들의 일상적인 말이 공격적으로 들리는 것처럼, 아이들의 대화도 늘 전쟁통 같았다. 그러다 보니 나머지 2할의 아이들이 그 기세에 눌려 입 한번 뻥긋할 틈조차 잡기 어려웠던 것은 당연한 일이었다.

하지만 결론부터 말하자면, 그해 5학년은…… 단연코 내 교직 인생 최고의 반이었다! 반전도 이런 반전이 없다. 그렇게 될 수 있었던 까닭은, 습관처럼 '어떤 말'을 해 주던 한 어린이의 공이 컸다. 진하게 내린 에스프레소에 우유 한 방울을 떨어뜨리면 금방 캐러멜 빛으로 부드러워지듯, 그 아이의 한마디는 교실의 뽀족한 분위기를 순식간에 풀어냈다.

* . ○

몇 해 전 음악 시간에 있었던 일이다. 그날은 '나의 몸과 마음에 도움을 주었던 음악과 경험 소개하기'라는 주제로 수행평가를 하고 있었다. 자신에게 위로가 되었던 음악을 찾아 친구들에게 들려주고, 그 음악과 관련한 경험을 덧붙여 발표하는 과제였다. '몸과 마음에 도움'이라는 말이 조금 거창하게 들릴 수 있지만 실상은 단순하다. 잠이 오지 않을 때 듣던 음악, 형제나 친구와 대판 싸우고 울적할 때 기댔던 음악, 그저 '감상'의 영역을 넘어 자신을 위로해 준 음악이라면 무엇이든 좋았다.

케이팝의 본고장이자 오디션 프로그램만 열면 끊임없이 실력자들이 쏟아져 나오는 민족답게, "좋아하는 음악을 소개해 보자!"라는 말이 떨어지자마자 아이들의 눈빛에 생기가 돌았다.

"선생님, 가수 없는 피아노 곡 해도 돼요?"

"선생님, 팝송도 되나요?"

아이들은 어떤 노래를 소개할지 이십 분씩이나 고심했고, 결연한 표정으로 음악 링크와 경험담을 쓴 글을 학급 클래스룸에 차례차례 올렸다. 평소 과묵한 편이었던 지운이도 한참 고민한 끝에 음악 하나를 올렸는데 그건 바로, 일본 애니메이션 〈귀멸의 칼날〉의 1기 엔딩곡이었다.

지운이는 발표 차례가 되자 쭈뼛쭈뼛 칠판 앞으로 나와 자신이 고른 음악을 소개하기 시작했다.

"제가 소개할 음악은…… 〈귀멸의 칼날〉 1기 엔딩곡입니다. 제가 이 음악을 고른 이유는…… 최근에 애니메이션을 재미있게 보기도 했고…… 잠이 안 올 때 이 노래를 들으면 마음이 편해지기 때문입니다."

말을 이어 갈수록 지운이의 목소리는 점점 작아졌다. 그런데 그때, 가만히 발표를 듣던 한 아이가 갑자기 큰 소리로 말했다.

"헐, 선생님! 일본 노래 같은 거 해도 돼요?"

갑작스러운 한마디에 교실 분위기가 싸하게 가라앉았다. 한국에서 〈체인소맨〉〈귀멸의 칼날〉〈주술회전〉 같은 일본 애니메이션이 승승장구하고 있었지만, 아쉽게도 당시 우리 반 남학생들의 주류 문화는 아니었다. 일본 문화를 좋아하는 친구를 '오타쿠'라 부르며 비아냥대는 것과 비슷한 분위기가 형성돼 버렸다. 지운이는 당황한 듯 안경을 추켜올리더니 입을 옴짝달싹하며 말을 잇지 못했다. 그 순간 도윤이가 나타났다.

"야, 일본 노래를 좋아할 수도 있지, 왜 그래?"

그 말 한마디는 얼어붙은 교실의 공기를 단숨에 쪼개는 도끼가 되어 주었다! 분위기는 놀라울 만큼 빠르게 제자리로 돌아왔고, 도윤이의 말에 힘을 얻은 지운이는 다시 용기를 내 끝까지 또박또박 읽어 나갔다.

체육 시간에도 도윤의 귀는 늘 열려 있었다. 반 대항 발야구 경기가 열리고, 우리 반 주자였던 지운이가 2루에 서 있을 때였다. 타석에 선 키커가 홈런에

가까운 공을 시원하게 뻥 차올렸다. 지윤이가 3루를
돌아 홈까지 여유롭게 들어오고도 남을 시간이었다.
그런데 지윤이가 순간적으로 착각했는지, 3루까지
한 베이스만 진루한 뒤 그대로 멈춰 서 버렸다. 자동
으로 키커도 더 달릴 수 없게 되어 1루에 머물렀다.

　사실 아이들은 발야구의 규칙을 익히고 적응하
는 데 시간이 제법 걸린다. 축구처럼 공을 차서 골대
에 넣으면 1점이 되는 단순한 구조가 아니라, 신경을
써야 할 규칙이 훨씬 많기 때문이다. 그럼에도 어린
이들에게 반 대항 발야구 경기는 축구 한일전 못지않
게 인생을 건 경기다. 손해가 막심한 상황이 벌어지
자, 아니나 다를까 불만이 쏟아지기 시작했다.

　"김지윤, 너 거기서 뭐 하냐?"

　"안 움직이고 뭐 해!"

　지윤이의 얼굴이 금세 새하얘졌다. 긴장한 나머
지 친구들이 '달려! 달려!'라고 목이 터져라 외치던 소
리도 듣지 못한 듯했다. 아이들의 비난은 점점 더 거
세졌다. 지윤이는 금방이라도 울음이 터질 것 같은

표정으로 서 있었다. 그때, 또 한 번 도윤이의 목소리가 들려왔다.

"아 실수할 수도 있지! 왜 그래? 다음 거 잘하자!"

무조건 반사처럼 튀어나온 도윤이의 한마디였다. 정말 놀랍게도, 그 한마디면 충분했다. 열에 받쳐 원성을 쏟아 내던 아이들은 금방 누그러졌고, 다시 경기에 집중하는 흐름으로 자연스럽게 되돌아갔다. '그럴 수도 있지, 왜 그래?'라는 말을 들으면 정말로 '아, 그럴 수도 있겠구나' 하고 마음이 스르르 풀리는 모양이었다.

＊ ． ○

일 년 내내 교실을 맴돌던 그 말은 결국 우리 반의 문화가 되었다. 누군가의 실수나 서투름 앞에서 '그럴 수도 있지' 하고 먼저 사정을 헤아려 주는, 그 너그러움이 얼마나 많은 아이들의 마음을 지켜 주었는지 모른다.

　　그 한마디는 순식간에 모두를 환영받게 만드는 마법 같은 말이었다. 세상이 지금보다 조금 더 편한 공간이 되는 방법은 어쩌면 그리 어려운 일이 아닐지도 모른다. '그럴 수도 있지, 왜 그래!'라는 아주 짧은 말 한마디면 충분하다. 적어도 우리 교실에서는 그랬다.

이 지구의 주인

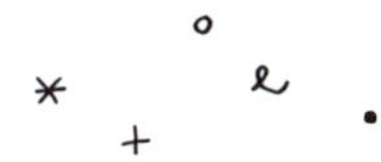

아이 한 명 낳을까 말까 고민하는 21세기 대한민국에서 어느 초등학교 5학년 한 반의 평균 가족 구성원 수가 다섯을 훌쩍 넘는다면 믿어지는가. 물론, 여기에는 재미있는 비밀이 하나 숨겨져 있다.

평균 개념을 배우던 수학 시간, 설문지를 만들던 연재가 조심스레 물었다.

"선생님, 평균 구하는 설문조사요. '우리 가족은 몇 명인가요?'라는 주제로 하고 싶은데요……. 집에서 키우는 반려동물을 포함해도 되나요?"

"반려동물?"

"네! 애들한테 물어보니까 강아지도 있고 고양이도 있고 구피도 있대요."

나는 망설임 없이, 당연히 그렇게 해도 된다고 대답해 주었다.

'지구'나 '자연'이나 '동물' 같은 단어는 일부러 떠올리지 않는 한, 금세 마음속에서 잊혀지는 시대다. 하지만 우리는 틀림없이 그것들과 함께 살아가고 있다. 어린이들은 이 단순한 진실을 안다.

＊ ． ˚

코로나가 기승을 부리던 시절, 한 달에 고작 2주씩 등교하던 때가 있었다. 게다가 몸집이 훌쩍 큰 6학년 아이들과 하루 종일 마스크를 쓰고 앉아 있으려니 몸이 근질거렸다. 나는 바람이라도 쐴 겸 오랜만에 야외 미술 수업을 계획했다. 따스한 바람에 벚꽃이 흩날리던 4월의 하늘은 맑고 청량한 푸른색이었고,

휴일을 앞둔 금요일 오후의 들뜬 마음을 달래기에 딱 좋은 타이밍이었다.

어떤 수업을 할까 고민하다 야외 설치미술에 도전해 보기로 했다. 설치미술은 특정한 장소와 어울리는 오브제(그림이나 조형물)를 만들어 배치하는 미술 활동이다. 잠실 석촌호수 위를 둥둥 떠다니던 귀여운 러버덕이나 포켓몬, 혹은 크리스마스 시즌마다 빌딩 벽을 오르는 산타클로스를 떠올리면 쉽다. 아이들에게 운동장이나 화단, 놀이터 등 야외 어디든 원하는 곳에 멋진 작품을 만들어 설치할 것이라 말하자 눈빛이 기대감으로 반짝였다. 미술 수업보다는 밖에 나간다는 사실에 더 설렜을지도 모르지만.

아이들은 일곱 모둠으로 나뉘어 콘셉트를 정했다. 야생, 하늘, 사막, 궁예(그 무렵 아이들 사이에서 드라마 〈태조 왕건〉의 '누가 기침소리를 내었는가'라는 대사가 재유행했다), 농촌, 꽃, 동물 등 예상했던 것보다 더 흥미로운 주제들이었다. 미리 주제를 정해 줄까도 고민했었는데, 역시나 걱정 많은 어른의 기우였다.

나는 학습 준비물실에 남아 있던 도화지와 색지, 구부러지는 빨대, 눈알 스티커, 깃털, 모루 같은 자투리 재료들을 몽땅 꺼내 주었다. 아이들은 어느 장소에 설치할지, 그림 조각은 몇 개나 만들지, 어떤 재료를 사용할지 머리를 맞대고 한참 상의하고는, 곧 사부작거리기 시작했다. 장인은 도구를 가리지 않는다더니, 아이들은 자투리 재료로도 새로운 작품들을 용케 만들어 냈다.

한 시간이 지나자, 책상 위에는 제법 많은 그림 조각이 탄생해 있었다. 아이들은 그것들을 바구니에 조심조심 옮겨 담아 운동장으로 나섰다. 그리고 마치 좋은 터를 고르는 풍수사라도 된 것처럼, 운동장 구석구석을 둘러보며 자리를 물색했다. 어떤 모둠은 모래 놀이터 한가운데를, 또 다른 모둠은 제법 큰 나무들이 우거진 흙바닥 한쪽을 선택했다. 무지개색 학교 건물을 배경으로 선택한 모둠도 있었다.

아이들은 주변 풍경과 어울리게 조각들을 요리

조리 배치하다가도, 아니다 싶으면 거두고 또 다른 자리를 탐색했다. 그 모습은 열세 살 인생 최고의 중대사를 결정하듯 신중하기 그지없었다.

그중에서도 가장 손놀림이 바쁜 건 단연코 농촌 마을 모둠이었다. 그도 그럴 것이 그림 조각의 개수가 제일 많았다. 빨간 지붕의 집 여러 채, 울타리 안의 젖소, 챙 넓은 모자와 선글라스를 낀 멋쟁이 아저씨, 이름 모를 초록색 모종이 송송 심어진 밭까지, 정말 작은 마을 하나를 그대로 옮겨 온 듯했다.

이 모둠의 멤버들은 촉촉한 흙바닥에 쪼그려 앉아 그림 조각들을 정성스레 배치하고 있었는데, 빨간 지붕의 집을 들고 있던 지우의 손이 유난히 느렸다. 집 하나를 내려놓고 한참을 가만히 멈춰 있다가, 또 하나를 조심스레 내려놓고 다시 지켜보기를 반복했다.

"지우야, 뭐 해? 집 설치하고 있어?"

"아⋯⋯ 윤서야, 여기 좀 봐 봐."

지우는 앞쪽 흙바닥을 손가락으로 가리키며 말했다. 그곳에는 무언가 꾸물꾸물 움직이고 있었다.

길게 줄지어 있는 것이 마치 바느질 땀 같기도 했다. 아주 다닥다닥 정교하게 붙어 있는 땀. 그 정체는 바로, 개미 떼였다! 개미들은 꼼지락거리며 바삐 이동하고 있었다.

"얘들아, 잠깐만 기다려 줄 수 있어?"

"왜?"

"여기 개미 길인 것 같거든! 얘네 다 지나가면 그때 집 설치해도 돼?"

"그래? 그럼 우리는 다른 거 먼저 하고 있을게."

다른 아이들이 고개를 끄덕이며 돌아갔다. 지우는 여전히 쪼그려 앉은 채, 한 손에는 빨간 지붕 집을 들고 작은 것들의 긴 행렬을 지켜보았다.

지우의 세상에서는 사람이라고 무조건 번호표 1번을 받을 수 있는 게 아니었다. 운동장의 개미 한 마리, 저마다 서 있는 나무, 은행나무 아래 고양이, 열세 살 어린이 모두 똑같이 운동장을 이용하는 손님이었다.

＊ ． ○

하루는 교실에서 과학 실험을 했다. 청경채 모종을 활용해, 햇빛과 물 같은 비생물 환경요인이 식물의 성장에 어떤 영향을 주는지 살펴보는 실험이었다. 아이들은 실험 후 남은 청경채 모종에 호기심이 생겼는지 창가에 두고 계속 키워 보자고 졸라댔다(요즘 아이들은 마라탕을 좋아해서 그런지 청경채에 대한 심리적 허들이 낮다). 그 말에 못 이겨 청경채 모종을 며칠간 창가에 두었다.

하지만 제대로 된 화분에 옮겨 심지도 않고, 물도 충분히 주지 못한 청경채가 잘 자랄 리 없었다. 청경채는 금세 이파리의 가장자리부터 노랗게 시들어 갔다. 심지어 잎사귀 사이 사이에는 진드기까지 붙기 시작했다.

"으아, 여기 진드기 생겼어요!"

"선생님, 이거 이제 쓰레기통에 버려요!"

푸릇푸릇할 때는 관심을 주던 아이들도 시들고

나니 나 몰라라 했다. 평소 같았으면 나도 별 의미 없이 쓰레기통에 버리거나, 대수롭지 않게 아이들에게 알아서 처리하라고 했을 텐데, 그 순간 이상하게도 지우가 떠올랐다. 운동장에서 한참을 쪼그려 앉아 있던 그 모습이 말이다. 아주 잠깐이지만 우리가 키우려고 마음먹었던 청경채 모종을 온갖 쓰레기와 지우개 가루, 연필 부스러기가 뒤엉킨 쓰레기통 속에 던져 넣는 것 말고 더 좋은 다른 방법이 있을 것 같았다.

"얘들아, 우리 나갈까?"

"왜요?"

"얘도 잘 보내 줘야지."

나는 아이들과 함께 운동장 가장자리의 흙바닥 쪽으로 걸어갔다. 그리고 그곳에 청경채 모종을 심어 주듯 묻어 주었다. 키워 보겠다고 책임을 졌던 존재에게 건네는 최소한의 존중을 가르쳐 주고 싶었는지도 모르겠다.

27인치 모니터와 스마트폰에서 눈을 못 떼고, 매

캐한 연기를 내뿜는 작은 승용차를 몰고, 반듯하게 깎인 콘크리트 건물과 아파트 숲을 누비다 보면, '지구' 같은 단어는 마음속에 떠오르지 않는다. 하지만 어린이들은 와이파이와 배달앱에 익숙한 나를 단숨에 자연 한복판으로 옮겨 놓는다. 그 경험은 신선하고도 묵직하다.

정신없이 흘러가는 하루 속에서 내가 지금 어디에 있는지 감각하는 일은 늘 낯설지만 새롭다. 〈심시티〉처럼 층층이 쌓인 도시의 맨 아래에도 보드라운 흙이 있다는 것, 그리고 세상은 생각보다 훨씬 다채로운 출연진들로 북적인다는 사실을 아이들 덕분에 잊지 않는다.

좋아한다고 말했을 뿐인데

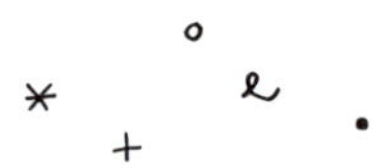

"선생님, 선물이에요."

여름방학이 끝나고 개학식이 있던 날, 은성이가 불쑥 다가와 조그마한 무언가를 건네주었다. 손바닥의 3분의 1쯤 되는, 네모난 흰 종이였다.

"이게 뭐야?"

"한번 뒤집어 보세요!"

어떤 어린이들은 선물을 받을 때보다 줄 때 더 신나서, 광대가 치솟고 콧바람이 쉭쉭 새어 나온다. 은성이도 딱 그랬다.

"이게 뭘까~?"

"아이, 빨리요. 빨리!"

괜히 뜸 들이는 시늉을 하자 은성이는 발을 동동 구르며 재촉했다. 종이를 뒤집자 나타난 선물의 정체는 빵을 먹으면 얻을 수 있는 띠부띠부 스티커였다. 심지어 내가 가장 좋아하는 부엉이 포켓몬이었다.

"우와, 부엉이 포켓몬이네! 이거 선생님 주는 거야?"

"선생님이 얘 좋아하신다고 하셨잖아요. 빵 먹다가 나왔는데 선생님 드리려고 가져왔어요."

맞다, 그러고 보니 내가 그런 말을 한 적이 있었다.

나는 가장 최근에 나온 9세대 포켓몬까지 섭렵하고 있을 정도로 포켓몬의 열성팬이다. 어느 쉬는 시간, 걸으면서 포켓몬을 잡는 모바일 게임에서 어떤 포켓몬이 가장 강한지를 주제로 열띠게 토론 중인 아이들의 대화를 듣게 되었다. 모르는 척하려고 했지만, 나도 모르게 그 토론에 참전하고 말았다. 나는 그 자리에서 최신 포켓몬의 특징과 약점까지 줄줄 읊었고, 아이들은 나를 마치 손흥민 보듯 바라봤다. '우리 선생님은, 이런 것도 아신다고?' 별이 쏟아질 것 같은 선망의 눈빛 그 자체였다.

"선생님, 어떻게 이렇게 잘 아세요?"

"선생님이 모르는 게 어딨어~"

한참을 떠든 뒤 수업 준비를 위해 시크하게 뒤돌아서려는데, 은성이가 다시 나를 불렀다.

"선생님, 그럼 무슨 포켓몬 제일 좋아하세요? 최애 포켓몬이요!"

그때 지나가듯 말했던 부엉이 포켓몬이 지금 내 손 안에 들어와 있었다. 나는 감격스러운 표정으로 은성이에게 물었다.

"은성아, 그걸 기억해?"

"네! 방학 동안 계속 보관하다 가져온 거예요."

"우와, 정말 고마워! 여기 컴퓨터 옆에 같이 붙여놓자."

은성이는 모니터 한쪽에 직접 스티커를 붙이고 아주 흡족한 미소를 지었다.

작년 종업식 때는 스티커를 한 무더기 받기도 했다. 비닐봉투에 곰돌이 푸와 짱구, 세일러문과 포켓몬을 포함해 요즘 아이들이 좋아하는 이름 모를 캐릭터의 스티커까지 잔뜩 담겨 있었다. 각각의 캐릭터 스티커 중에서도 가장 예쁜 것들만 모아 온 것 같았다. 봉투 위 테이프로 고정해 놓은 쪽지에는 이렇게 적혀 있었다.

[선생님, 선생님께서 귀여운 걸 좋아하신다고 하셔서 작게나마 준비해 봤습니다!]

정작 나는 그런 이야기를 했는지조차 잊고 있었는데, 아이들은 한번 말해도 백 번은 들은 것처럼 기억한다. 선생님 포켓몬 좋아해, 귀여운 거 좋아해, 마카롱 좋아해, 겨울 날씨 좋아해, 배드민턴 좋아해, 책 읽는 것 좋아해…… 그 조그마한 머릿속에 '선생님'이라는 존재가 차지하는 비중이 꽤 큰지, 내가 가볍게 말한 것도 아주 소중히 기억해 준다.

심지어 아이들은 선생님이 좋아한다고 말한 일이라면 하기 싫어도 꾹꾹 참아 내며 듬직한 면모를 보여 줄 때도 있다.

＊ · °

나는 교사가 되면 아이들과 꼭 해 보고 싶다고 상상했던 일이 하나 있었는데, 바로 '함께 책 읽기'였다. 개인적으로 책을 너무 좋아하기도 했고, 학창 시절에 선생님과 함께했던 차분한 독서 시간이 오래도록 좋은 기억으로 남아 있기 때문이었다. 그래서 나는 학기 초마다 아이들에게 선전 포고하듯 희망 사항을 얘기했다.

"얘들아, 선생님은 책 읽는 걸 되게 좋아하거든. 우리 매주 한 시간씩은 함께 책 읽는 시간을 가지자!"

나는 정말 아이들과 매일 아침 책을 읽고, 일주

일에 한두 번은 꼭 도서실에 갔다. 아이들이 책을 읽는 동안 나도 함께 책을 펼쳤다. 물론 어느 해에는 유난히 책 읽는 걸 좋아하지 않는 아이들을 만나기도 했다. 책을 안 읽으면 입에 가시가 돋는 담임과 책만 보면 졸음이 쏟아지는 아이들의 안타까운 조합이었다.

그래도 학기 초에는 내 눈치를 보면서 책을 손에 들고는 있었는데, 학기 말이 되자 긴장이 풀렸는지 아예 그림을 그리거나 학원 숙제를 하는 아이들이 하나둘 보이기 시작했다. 다시 분위기를 잡고자 아이들을 향해 한마디 하려는 순간, 우리 반 회장이었던 현이가 박수를 짝짝 두 번 치면서 큰 소리로 외쳤다.

"얘들아, 선생님 책 읽는 거 좋아하시잖아! 협조 좀 해!"

'조용히 해'도 아니고 '책 읽자!'도 아니고 '선생님이 좋아하시니까 협조하자!'라니. 그 말에 왈칵 웃음이 터져 나왔다. 현이의 얼굴은 어느 때보다 진지했다. 몇몇 아이들은 현이의 말에 암말 없이 숙제를 집어넣고 다시 책 읽는 척을 했는데, 더없이 귀여웠다.

“현아, 선생님이 좋아하는 일이어서 책을 읽어야 하는 거야?”

현이는 살짝 부끄러운 듯 고개를 몇 차례 끄덕이더니 책에 얼굴을 묻었다. 선생님이 좋아한다고 말한 일 앞에서 아이들은 결코 망설이지 않는다. 좋든 싫든 고개를 끄덕이며 졸졸 따라오려는 그 모습이 참 사랑스러웠다.

* . ○

아이들이 마음을 주는 방식은 유난히 솔직하다. 좋아하는 사람에게는 온 마음을 내어 주고, 그 대상은 선생님에게만 국한되지 않는다. 아이들은 가장 신뢰하는 어른인 부모님을 사랑하다 못해 취향까지 고스란히 닮아 버린다. 그 사랑스러운 데칼코마니 앞에서 나는 절로 웃음이 난다.

요즘 아이들이 아이브와 에스파만 좋아할 거라 생각한다면 큰 착각이다. 교실 노래방 신청곡 쪽지에는 8090의 향취가 진하게 묻어난다. 나조차도 가물가물한 지오디, 버즈, 유재하, 코요태의 노래는 단골로 등장한다. 정말 2013년생들이 자기 손으로 직접 적어 낸 곡이 맞는지 의심스러울 정도다.

교실 노래방은 종업식 전날, 아이들과 마지막 추억을 쌓기 위해 마련한 이벤트였다. 버즈의 명곡, 〈나에게로 떠나는 여행〉 반주가 흐르자 지후가 자신 있게 칠판 앞으로 걸어 나왔다. 노래를 부르는 내내 음정과 박자도 놀랍도록 정확했다. 어디가 하이라이트인지 알고 있었고, 절묘한 애드리브와 호응을 유도하는 모습이 한두 번 불러 본 솜씨가 아니었다. 심지어 화면을 보지 않고도 노래를 부를 수 있을 정도로 가사도 줄줄 꿰고 있었다. '너 사실 열두 살이 아니라 마흔두 살 아니야?'라고 생각했지만, 꾹 참고 돌려 돌려 물었다.

"지후야, 이 노래 왜 이렇게 잘 불러?"

"선생님! 이 노래요, 우리 아빠가 노래방에서 제일 좋아하는 노래예요."

"아빠는 아빠고! 너는 왜 이렇게 잘 부르는 거

야?"

"아빠가 좋아하는 거라 연습했어요!"

한껏 질러 버린 성대가 따가운지 컥컥거리며 말하는 지후의 얼굴은 너무나도 맑았다. 그 위로 얼굴도 모르는 지후 아빠의 모습이 겹쳐 보였다. 아빠가 좋아하는 노래를 함께 부르기 위해 열심히 연습했을 지후. 지후와 지후 아빠가 캄캄한 노래방에서 버즈의 노래를 함께 부르는 모습이 눈앞에 그려졌다.

아이들은 늘 좋아하는 사람 앞에서 최선을 다한다. 말 한마디, 행동 하나 허투루 흘려 보내지 않는다. 잃어버리지 않게 고이 접어 소중히 기억하고, 은연중에 그 모습을 닮아 가기도 한다. 좋아한다고 말했을 뿐인데, 돌아오는 마음은 언제나 더 크다.

3장

어린이에게

기대어

간다

모두가 고개를 끄덕이더라도

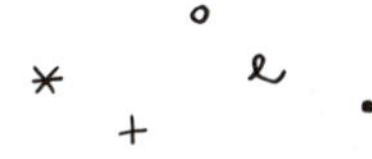

사회생물학자로 유명한 최재천 교수의 책에서 흥미로운 에피소드 하나를 읽은 적이 있다. 그는 교수로 재직하는 동안 국내외 여러 명문대학교에서 토론 방식으로 수업을 진행해 왔다고 한다. 그런 그가 뜻밖에도 국내 토론 수업의 후기를 이렇게 남겼다. "지금껏 끊임없이 토론 수업을 했는데, 솔직히 말해 한국에서는 단 한 학기도 재밌게 해 본 기억이 없습니다!"

그 까닭은 학생들이 주변의 시선을 지나치게 의

식한 나머지 토론에 좀처럼 적극적이지 않았기 때문이었다. 학생들은 학기 말이 되어서야 조금씩 입을 열었다고 한다. 서로 어느 정도 파악하고 난 뒤 '이 정도 말은 해도 괜찮겠지? 나를 이상하게 보지 않겠지?' 하는 안도감이 생기자 말문이 트인 것이다.

대학 시절의 나도 크게 다르지 않았다. 다만 한 가지 분명히 주장하고 싶은 건, 내가 원래부터 그런 사람은 아니었다는 점이다. 초등학생 때까지만 해도 나는 오른팔이 빠지도록 손을 번쩍 들어 올리며 발표하던 열정적인 어린이였다. 그리고 나와 비슷한 친구들이 한 반에 열댓 명쯤은 있었다.

최재천 교수님의 강의실에서 입을 꾹 닫고 있던 학생들 역시 어릴 때부터 그러지는 않았을 것이다. 반짝 켜져 있던 말의 스위치가 어느 순간 'OFF'로 내려갔을 테다.

책을 덮은 뒤에도 이 에피소드가 오래 마음에 남았다. 내가 매일 만나는 초등학교 고학년 아이들 역시 지금 그 스위치 앞을 서성이고 있는 듯했기 때문이다.

＊ · ○

우리 반에는 지훈이와 윤수라는 두 남학생이 있었다. 지훈이는 매사 조용히 자기 할 일을 하는, 선비 같은 아이였다. 공부는 물론 운동, 음악, 미술까지 두루두루 잘했다. 예의도 바르고 친구 관계도 원만해서 심부름 시킬 일이 있을 때면 가장 먼저 떠오르는 그런 아이였다.

반면 윤수는 지훈이와 대척점에 있었다. 성격은 착실하고 유순했지만, 친구들 사이에서는 영 인기가 없었다. 집중을 잘하지 못해 산만했고, 친구들에게 주목을 받으려고 일부러 과장되게 행동했다. 예를 들면, 퀴즈 시간에 손을 들지 않고 무작정 큰 소리로 정답을 외치거나, 놀이 중 패배를 인정하지 못해 고집을 부린다거나, 친구의 기분이 상했는데도 분위기를 잘 파악하지 못하고 계속 장난을 치는 식이었다. 윤수는 또래 집단에서 '눈치 없이 오버하는 애'로 통했다.

윤수가 수업의 흐름을 끊을 때마다 아이들은 핀잔을 주었다. 물론 윤수는 잠깐 움찔할 뿐, 금세 오뚝이처럼 벌떡 일어났다. 그렇게 비슷한 일이 반복되다 보니, 윤수의 이미지는 점점 부정적인 쪽으로 굳어질 수밖에 없었다.

그러던 어느 여름날의 점심시간이었다. 5교시가 시작되기 전, 아이들이 삼삼오오 모여 윤수를 둘러싸고 있는 게 아닌가. 정확히 말하면 윤수를 몰아세우고 있었다.

"너 아까 왜 안 나갔어?"

"공 맞았잖아!"

여기저기서 쏟아지는 비난 섞인 목소리에 상황은 금세 격해졌다. 나는 아이들을 일단 자리로 돌려보내고 어떻게 된 일인지 물었다. 얼굴이 잔뜩 붉으락푸르락해진 정우가 손을 번쩍 들었다.

"선생님! 점심시간에 짝수 홀수 나눠서 피구 했는데요, 김윤수가 공을 맞고도 자꾸 안 나가요."

"맞아요! 김윤수가 계속 안 나가서 게임도 거의

못 했어요!"

친구들의 말이 맞냐고 윤수에게 묻자, 땅볼이라 나가지 않은 것이라며 억울함 가득한 목소리로 항변했다. 발끈한 몇몇 아이들은 이때다 싶게 쏘아붙였고, 윤수도 지지 않고 목청껏 받아쳤다.

"아 진짜 아니라니까? 왜 나한테만 그래!"

그 장면을 직접 보지 못한 나는 슬슬 골치가 아팠다. 평소 말이 없던 아이들까지 한마디씩 거들었고, 심지어 피구를 하지 않은 아이들까지 추측성 말들을 보태며 수군거렸다.

"맞아. 나도 발에 맞은 거 봤는데."

"응, 나도 봤어……. 윤수 좀 그런 것 같더라."

윤수의 얼굴은 억울함과 답답함이 뒤섞여 잔뜩 일그러졌다. 싸움의 구도는 일 대 다수였고, 분위기는 윤수가 사과해야지만 정리될 쪽으로 흘러갔다. 그때 조용히 상황을 지켜보던 지훈이가 입을 열었다. 피구에 참여하지 않았으면서 말을 보태던 윤지를 향해서였다.

"윤지야, 너 아까 미끄럼틀 쪽에 있지 않았어?"

"어?"

"지금 말하는 거 네 생각 맞아?"

"아니…… 그냥 그런 것 같다고."

윤지가 당황했는지 얼버무리며 대답하자, 지훈이가 차분한 목소리로 말을 이었다.

"얘들아, 공이 땅 쪽으로 세게 날아가긴 했잖아. 윤수 말이 맞을 수도 있지 않을까? 우리도 솔직히 피구하다가 애매할 땐 그냥 넘어가기도 하잖아. 윤수가 아웃이면, 우리도 다 아웃인 거 아냐?"

"……"

"야, 야. 됐어. 그만하자."

학급 회장이 눈치를 보더니 중재의 신호탄을 쐈다. 불타오르던 분위기가 서서히 가라앉았다. 윤수를 나무라던 아이들의 입이 하나둘 닫히는 걸 보니 지훈이의 말이 마음 어딘가에 콕 걸린 모양이었다. 어쩌면 아이들은 각자의 진짜 생각을 말한 게 아니었을지도 몰랐다. 멋쩍은 표정으로 시선을 돌리며 딴청을 피우는 아이들을 보며, 나는 그제야 더 이상 나설 필요가 없겠다는 생각이 들었다.

＊ ． ○

모두가 '윤수가 또 억지를 부렸다'는 쪽으로 고개를 끄덕일 때, 지훈이는 혼자 반대편에 섰다. 지훈이는 다른 아이들의 눈치를 본 것도 아니었고, 윤수와 특별히 친해서 편을 든 것도 아니었다. 그저 쉽게 말을 보태기 어려운 분위기 속에서 자기 생각을 당당하게 꺼냈을 뿐이었다. 말의 스위치가 반짝이며 켜져 있는 그 모습이 새삼스러우면서도, 꽤 근사해 보였다.

자신의 의견을 말하기 어려운 순간에도 용기 있게 말의 스위치를 올릴 줄 아는 것. 그건 어떤 용기보다도 더 귀하고 멋진 일일지도 모른다.

빙글빙글 삼각형

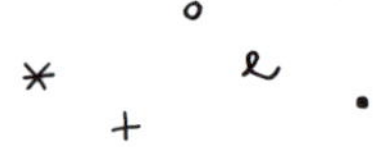

꼭 가고 싶었던 야구 경기의 티켓팅에 성공한 적이 있다. 대학교 수강 신청은 물론, 교생 실습 학교를 선택할 때도 '선착순 클릭'이라는 벽 앞에서 번번이 좌절하던 나였다. 그 탓에 집 앞 10분 거리에 초등학교를 두고도 왕복 두 시간을 출퇴근 했는데, 이번에는 웬일로 그 속도전에 성공한 것이다. '2300번 대 대기 중'이라는 살 떨리는 문구 앞에서 잠깐 멈칫거리긴 했지만, 결국 2연석을 손에 넣었다. 아주 나이스! 속으로 이게 웬 횡재냐를 백 번쯤 외치며 의기양양하게 야구 관련 인터넷 커뮤니티에 접속했다. 목적은 단 하나, 다른 이들의 반응을 살피기 위해서였다. 성공한 자만이 누릴 수 있는 여유를 등에 업고, 고고한 자세로 좌절한 이들의 한탄 섞인 게시물을 훑어보았다. 그때 어떤 글 하나가 눈에 들어왔다.

[야구 티켓, 시야 좋은 응원석, 2연석 10부터,
한 자리씩은 판매X]

벌써 티켓에는 프리미엄이 붙어 암표로 팔리고 있었다. 판매 가격은 무려 3배에 가까웠다. 내가 어떻게 티켓팅에 성공했는데! 중고 거래 카페와 티켓 거래 사이트도 역시나였다. '절대 사람의 손가락으로 쉽게 얻기 힘든 꿀 자리'를 원래 가격의 몇 배를 붙여 판매한다는 글이 불티나게 올라오고 있었다. 묘하게 착잡한 기분이었다.

요즘 뉴스 헤드라인을 보면 마음속 양심 레이더가 잠깐씩 꺼지는 장면을 어렵지 않게 마주한다. 주민센터에 끝내 돌아오지 않는 양심 우산(변명: 그 우산이 그 우산인 줄 몰랐다), 길가 환풍구 위에 무더기로 쌓인 빈 테이크 아웃 잔(변명: 이미 누가 버려서 나도 버린 것이다)은 예삿일이 되었고, 무인 판매점에서 계산 없이 아이스크림을 들고 나오는 일(변명: 키오스크 작동이 잘 안된다), 불꽃놀이를 보겠다고 자동차 전용 도로에 차를 세워 두는 위험한 일(변명:다들 그렇게 한다), 가짜 명품 가방을 진짜처럼 꾸며 파는 일(변명: 먹고살아야 한다)까지, 사례는 끝이 없다.

문득 이런 상상을 해 본다. 길에서 우연히 만난 어린이가 순진한 얼굴로 '왜 그렇게 하면 안 돼요?'라고 묻는다면, 나는 뭐라고 대답할 수 있을까. 자기 이익을 잘 챙기는 사람이 유난히 영리해 보이는 요즘, 그 질문 앞에서 대답이 쉽게 떠오르질 않는다. 서아라면 이 질문에 답을 해 줄 수 있을까.

＊　·　°

　　서아를 처음 본 건, 선거 후보자 등록 신청서를 내러 교실로 찾아왔을 때였다. 점심시간에 음악방송을 열겠다, 분실물 바구니를 설치하겠다, 이런저런 공약이 빼곡히 적혀 있었던 기억이 난다.

　　초등학교 선거라고 얕보면 오산! 절대 허술하지 않다. 우리는 투표권을 어렵게 쟁취해 낸 어른들의 후손이 아닌가. 전교 임원을 뽑는 과정은 후보자 등록을 시작으로 선거 벽보 제작, 선거 운동, 소견 발표, 투표와 개표까지 실제 선거 절차와 거의 흡사하다. 규모만 줄여 놓은 미니어처 버전이라고 볼 수 있다.

　　그해, 전교생이 사백 명도 채 안 되는 작은 학교에 전교 부회장 후보가 무려 여덟 명이나 나왔다. 보통 전교 부회장 선거에는 곧 5학년이 되는 4학년들만 나오는데, 한 반에 두세 명꼴로 나온 셈이었다. 4학년 아이들은, 중학년 특유의 앳된 티가 나면서도 무언가 하고자 하는 의욕이 온몸에서 뿜어져 나온다. 그런 귀여움 덕에 4학년 담임 마니아가 생길 정도다.

나는 이 아이들에게 벽보를 만들 시간과 장소를 알려 주었다. 당시 우리 학교는 후보자 아이들이 모두 같은 장소, 같은 시간에 모여 자신의 힘으로 벽보를 만드는 것이 원칙이었다. 예전에는 각자 집에서 만들어 오게 했는데, 결과물의 수준이 너무나 극명하게 차이가 났다. 전문업체에 맡기거나 부모님이 힘껏 도와줬을 때 나오는 화려하고 정돈된 결과물은 고사리손으로 혼자 만든 아이의 결과물을 초라하게 만들었다. 그런 일을 막기 위해 생긴 규칙이었다.

벽보를 만드는 날이 되었다. 의욕 넘치는 아이들은 일찌감치 모여 각자 챙겨 온 준비물을 책상 위에 잔뜩 늘어놓았다. 얼굴 사진, 형형색색의 사인펜과 매직, 귀여운 꾸밈용 스티커와 마스킹 테이프, 공약을 메모한 종이까지, 한 꾸러미였다.

"자, 지금이 두 시니까, 네 시 삼십 분까지 완성하면 돼. 일찍 끝나면 제출하고 먼저 가면 됩니다."

"네!"

목청껏 대답한 아이들은 열심히 벽보를 만들기 시작했다. 긴 자를 대고 본인 이름을 또박또박 쓰고, 공약 중 중요한 낱말에는 동그라미와 밑줄까지 치면서 공을 들였다.

한 시간쯤 지나고 교실 한 바퀴를 둘러보았다. 다른 아이들은 자기소개 부분을 끝내고 공약을 적고 있었는데, 서아는 아직도 본인 이름에만 온 신경을 쏟고 있었다. 마음을 조급하게 만들고 싶진 않았지만 조금 서두를 필요는 있어 보였다.

"서아야, 우리 네 시 삼십 분까지 다 완성해야 하는데 할 수 있지?"

"네, 할 수 있을 것 같아요! 빨리 할게요."

서아는 조그만 손을 움직이며 다시 하던 일에 집중했다. 시간이 세 시 삼십 분을 넘어가자, 벽보를 완성한 아이들은 한두 명씩 집에 가기 시작했다. 그리고 네 시쯤에는 서아를 포함해 딱 두 명의 아이만 남았다. 나는 회의가 있어 잠시 자리를 비워야 했기에,

정신없이 색칠하고 있는 두 명의 아이들에게 말했다.

"애들아, 선생님 잠깐 일이 있는데. 거의 다 했니?"

"네! 조금만 하면 될 것 같아요."

"다 만들면 선생님 책상에 두고 집에 가세요. 고생했어!"

"네!"

이런저런 이야기가 오가다 보니 회의는 생각보다 늦게 마무리됐다. 퇴근 준비를 하러 돌아온 교실에는 아무도 없었다. 교탁 위에는 전교 부회장 후보 여덟 명의 벽보가 차곡차곡 쌓여 있었다. 서아가 만든 벽보가 가장 위였다. 열한 살짜리들이 온전히 자기 힘으로 만들어 낸 벽보는 조금 어설퍼도 최선을 다한 흔적이 곳곳에 묻어 있었다.

다음 날, 1교시 수업 준비를 하는데 교실 앞문이 스르륵 열렸다. 어제 마지막까지 남아서 벽보를 만들었던 서아였다.

"저기, 선생님 안녕하세요."

"어 안녕! 어제 뭐 두고 갔니?"

"그게 아니라, 그 말할 게 있어서요. 잠시만……."

서아보다 몸집이 두 배 정도 큰 우리 반 6학년들이 '쟤는 뭐지?' 하는 시선으로 쳐다봤다. 그 시선이 부담스러웠는지, 서아는 나를 잠시 밖으로 불러냈다. 혹시 선거를 포기하고 싶은 건가? 이런저런 생각을 하며 교실 밖으로 나갔다.

"서아야, 무슨 일이야?"

서아는 침을 한 번 꿀꺽 삼키더니 말을 시작했다.

"아 그게, 제가 어제 벽보 만드는 게 좀 오래 걸렸잖아요. 잘 안되기도 하고, 긴장해서 자꾸 틀려가지고요……."

"응, 그런데? 제출 잘하고 갔던데?"

"아 그런데요. 사실 네 시 삼십 분까지 내야 한다고 하셨는데…… 저 십 분 정도 늦게 내고 갔어요. 괜찮나요? 어제 집에 가니까 계속 생각이 나서요……."

이번에는 내가 침을 꿀꺽 삼켰다. 전혀 예상하지

못한 말이었다. 이렇게 솔직하다니. 말하지 않으면 아무도 모를 일이었을 텐데, 서아는 이른 아침부터 이 말을 하려고 6학년 교실까지 찾아온 것이었다. 서아는 불안함이 가득 섞인 눈빛으로 내 눈치를 살피며 대답을 기다렸다.

물론 정해 두었던 시간을 넘긴 건 맞았다. 다만 벽보 제작 시간은 해마다 담당 교사의 재량이었고, 이 일은 자기 힘으로 벽보를 만들어 내는 것에 더 큰 의의가 있었다.

"서아야, 원래는 정해진 시간을 지켜야 하는데."

"네, 알고 있어요……."

"벽보 제작 시간은 학교에 따로 규칙이 있는 건 아니라서 이번 일은 괜찮을 것 같아. 그래도 다음부터는 꼭 시간 안에 하도록 하자."

"아, 다행이다!"

그제서야 서아의 얼굴이 활짝 펴졌다. 그런 서아를 보면서 나는 한 가지 궁금증이 생겼다.

"근데 서아야. 선생님께 왜 말해야 한다고 생각

했어? 부모님께서 선생님한테 말하라 하셨어?"

"아니요. 그냥······ 음······."

"응?"

"그냥 마음이 불편했어요. 안녕히 계세요!"

서아는 허겁지겁 인사하더니 이내 종종걸음으로 사라졌다. 서아의 대답은 '불편했다'는 짧은 한마디였다. 그 순간 오래전 아이들에게 보여 줬던 교육 방송 영상 하나가 떠올랐다.

✳ ． ˳

옛 인디언들은 모든 사람이 마음속에 삼각형 모양의 양심을 갖고 태어난다고 믿었다고 한다. 삼각형은 거짓말, 나쁜 생각, 부끄러운 일을 할 때마다 빙글빙글 돌면서 마음을 쿡쿡 찌르는데, 인디언들은 그것을 양심을 지켜야 한다는 신호라고 여겼다. 양심을 지키면 삼각형은 제자리에 멈추고, 무시하면 계속 빙글빙글 돌다가 마침내 모서리가 무뎌져 원이 된다. 그러면 더는 양심을 느낄 수 없게 된다는 이야기였다.

서아의 마음속에도 빙글빙글 도는 삼각형이 있었던 걸까. 삼각형이 쿡쿡 찌르며, 얼른 선생님께 찾아가라고 등을 떠밀어 주었나 보다.

아이들에게 법과 도덕의 차이를 물으면 늘 비슷한 대답이 돌아온다.

"법은 반드시 지켜야 하는 거고, 도덕은 꼭 지키지 않아도 되는데, 하면 좋은 거요."

"하면 누가 좋지?"

"음…… 저도 좋고, 다른 사람들도 좋겠죠?"

모두에게 좋은 쪽을 고르는 것. 그럴 수 있도록, 내 마음속 삼각형이 계속 빙글빙글 돌며 나를 쿡쿡 찔러 주면 좋겠다.

지레짐작 출입 금지

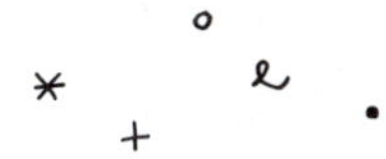

　　나는 교직에 발을 들인 이후로, 한 번을 제외하고는 줄곧 통합학급 담임을 맡았다. 통합학급이란 특수교육 대상 학생이 또래와 같은 교실에서 생활하는 학급을 말한다. 어떤 아이는 국어와 수학만 특수학급에서 배우고(부분 통합), 어떤 아이는 모든 수업을 통합학급에서 듣는다(완전 통합). 내가 특수교육에 남다른 전문성을 갖고 있거나, 특별한 사명감을 품고 있었다면 더 좋았겠지만, 솔직히 말하면 우연히 맡게 되는 경우가 대부분이었다. 종종 필수이기도 한 우연이었다.

5학년의 담임을 처음 맡았던 그해에도 통합학급 담당이었다. 나는 그곳에서 재우를 만났다. 재우는 완전 통합으로 수업을 들었지만, 국어와 수학을 포함한 전반적인 교과목의 학습 속도가 또래보다는 확연히 느렸다. 가위로 종이를 자르거나 공을 던지는 등 몸 쓰는 일도 조금 더뎠다. 의사소통은 비교적 잘 되는 편이었지만, 친구들 눈에는 답답하게 보일 만한 순간들도 종종 있었다.

재우의 부모님은 재우가 특수교육 대상자라는 사실 때문에 아이들 사이에서 상처받지 않았으면 하셨다. 가능하다면 알려지지 않기를 바라셨고, 나 역시 그 뜻을 따라 최대한 재우가 자연스럽게 반 분위기에 녹아들 수 있도록 애썼다.

그런데 지금에 와서 생각해 보면, 같은 반 아이들은 재우가 조금 느린 아이라는 사실을 어렴풋이 알고 있었던 것 같다. 재우가 반에서 크게 소외되지 않고 지낼 수 있었던 데에는 아이들의 본능적인 호의도 분명 한몫했다.

그렇다고 교실에서의 모든 상황이 매끈하게 지나갔던 것만은 아니다. 한 번씩은 꼭, 어딘가가 삐걱거렸다. 짝 활동이나 모둠 활동처럼 함께 결과물을 만들어 내야 하는 시간이 특히 그랬다. 빠릿빠릿하게 퀴즈 정답을 외쳐야 하거나, 정해진 시간 안에 뭔가를 해내야 할 때면 재우도, 다른 아이들도, 그리고 그 모습을 지켜보는 나 역시도 곤란해졌다.

"선생님, 왜 박재우만 아무것도 안 해요?"

아이들의 불만이 터져 나오는 건, 풍선에 바람을 계속 불어 넣다 보면 결국 빵 터지는 것처럼 당연한 수순이었다. 다른 아이들도 고작 열두 살이었고, 잘하고 싶은 마음이 머리 끝까지 차오르다 못해 흘러넘치던 시기였다.

가을이 깊어질 즈음부터 나는 고민에 빠졌다. 기회를 공평하게 주고 함께 배우는 경험이 옳다는 걸 알면서도, 마음은 번번이 분주해진 탓이다. 그래서 나는, 나만의 정답지를 만들기 시작했다. 앞으로도 재우는 느릴 것이고, 다른 아이들도 재우를 기다려 줄 여력이 없을 것이라는 독단적인 해답이었다.

하지만 그 생각이 얼마나 부끄러운 착각이었는지 알아차리는 데에는 오랜 시간이 필요하지 않았다. 그 계기는 아주 순간이었다.

＊．°

수학 시간에는 한 단원이 끝날 때마다 배운 내용으로 수학 놀이를 하는데, 그날의 주제는 분수의 곱셈이었다. 두 사람이 주사위를 던져 나온 숫자로 분수를 만들고, 곱한 값이 큰 사람이 이기는 간단한 규칙이었다. 단, 조건이 하나 있다면 둘이 함께 번갈아 가면서 해야 한다는 것이었다. 한 명이라도 따라오지 못하면 놀이 자체가 진행될 수 없는 구조였다.

우리 반은 총 스물세 명, 모두 짝을 이루고 나면 한 명이 남았다. 나는 아주 자연스럽게 재우의 짝 자리를 비워 두고, 그 자리는 내가 맡아야겠다고 생각했다. 물론 재우의 의사는 묻지 않았다. 그저 그게 모두를 위한 선택지처럼 느껴졌다.

그런데 그날은 한 명이 결석해서 스물두 명이 되어 버렸다. 재우도 반드시 친구들과 함께 이 놀이를 끝까지 해내야 했다. 재우의 짝은 랜덤 뽑기를 통해 민지로 정해졌다. 교실 뒷문 근처에 자리 잡은 재우와 민지는 가위바위보로 순서를 정한 후 놀이를 시작했다. 수학 뒤에 '놀이'라는 말이 하나 붙었을 뿐인데도 교실은 금세 왁자지껄해졌다. 재우와 민지도 하나씩 문제를 풀어 나갔다.

이십 분쯤 지나자, 먼저 승패를 낸 팀들이 우르르 앞으로 몰려나왔다.

"선생님, 제가 이겼어요! 한 판 더 해도 돼요?"

들뜬 목소리가 여기저기서 튀어 올랐다. 그 사이에 재우와 민지는 보이지 않았다. 수업을 끝내는 종이 울려도, 두 아이는 처음 그 자리 그대로 앉아 바쁘게 손가락만 움직였다. 쉬는 시간에 다른 아이들이 화장실을 다 다녀올 때까지도 끝날 기미가 보이지 않았다. 이쯤이면 충분하다고 생각했다. 재우와 민지도 속으로 누군가 끝내 주길 바랄지도 몰랐다.

"민지랑 재우, 지금 한 것까지만 해서 점수 낼까? 누가 점수 더 높니?"

"아…… 지금까지는 제가 이기고 있어요."

민지가 잠깐 머뭇거리더니, 곧바로 말을 이었다.

"선생님, 그런데요. 재우가 문제 푸는 데 시간이 좀 걸려서요."

"그래?"

"이제 두 문제 남았는데…… 끝까지 해 봐도 돼요?"

그 말에 내 얼굴은 순식간에 화끈거렸다. 민지는 재우가 천천히 풀든, 오래 고민하든 아무 상관이 없었다.

"그럴래? 그럼 끝나면 선생님한테 알려 줘."

내 말이 끝나자마자 민지는 주사위를 집어 재우에게 주었다.

＊ ． ˚

두 번째는 사회 시간에 있었던 일이다. 소단원이 끝날 때마다 우리는 퀴즈로 배운 내용을 복습하곤 했다. 그날 퀴즈는 옆 반 선생님이 "아이들이 무척 좋아해요. 한번 해 보세요!"라며 적극 추천한 자료였다. 다만, 모둠별 협력이 꼭 필요하다는 점이 살짝 마음에 걸렸다.

네 명이 한 모둠이 되어 각자 한 개씩 힌트를 맡아야 했다. 네 개의 힌트는 화면에 동시에 나타났다가 딱 1초 만에 사라지는 식이었다. 예를 들어 정답이 '토마토'일 때는, '빨간색' '케첩의 재료' '과일' '파스타 소스' 같은 네 가지 힌트가 화면에 뜨는 것이다. 각자 본 힌트를 기억해 서로 알려 줘야만 정답에 가까워질 수 있었다.

몸풀기 삼아 연습 문제부터 풀었다. 아이들은 절대 놓치지 않겠다는 듯 화면에 두 눈을 바짝 고정하고 숨도 쉬지 않은 채 집중했다. 그런데 역시나 재우가 속한 모둠에서 짜증 섞인 비난이 들려왔다.

"야, 박재우 너 안 외웠어?"

재우는 말 없이 고개만 숙였다. 승부욕이 강한 준서가 답답하다는 듯 목소리를 높여 재우를 다그쳤다.

"아니 재우야, 네가 본 걸 우리한테 알려 줘야지!"

"재우야, 왼쪽 아래 있지. 거기 나오는 글자를 네가 보고 알려 줘야 해."

옆에 앉은 예원이도 거들었다. 재우는 작게 고개를 끄덕였지만 다음 문제도, 그다음 문제도 힌트를 외우지 못했다. 다른 모둠의 점수가 쑥쑥 올라갈수록 재우네 모둠 아이들의 표정은 돌덩이처럼 점점 굳어 갔고, 주변 공기도 묘하게 무거워졌다.

나는 이대로 두고 볼 수는 없어서 규칙을 조금 바꿔야겠다고 생각했다. 재우의 역할이 사라지더라도 어쩔 수 없었다. 다음 문제부터는 준서나 예원이가 재우 몫까지 대신 봐도 된다고 할 참이었다. 그런데 그때 준서의 목소리가 먼저 들렸다.

"야, 박재우. 너 쉬운 건 외울 수 있어? 숫자 같은

거나 두 글자짜리."

재우가 이번엔 고개를 크게 끄덕였다. 그러자 준서가 씩씩대며 교탁 앞으로 다가왔다.

"선생님, 재우가 이거 외우는 거 어려워하는데요. 혹시…… 외우기 쉬운 힌트 위치 미리 알려 주실 수 있어요?"

"어?"

"재우가 쉬운 거 외워서 저희한테 알려 주면 될 것 같아요."

그리고 한 마디를 덧붙였다.

"그러면 재우도 할 수 있대요. 저희 모둠만 그렇게 해도 돼요?"

그 순간, 머쓱해진 쪽은 또 나였다. 재우의 역할을 슬그머니 지우려 했던 내 생각이 몹시도 성급하게 느껴졌다. 아이들은 재우가 할 수 있는 일을 고민했고, 그만큼은 반드시 비워 뒀다.

나는 남은 라운드부터는 매번 시작하기 전에 재우에게 미리 쉬운 힌트의 위치를 알려 줬다.

"재우야, 세 번째 자리 외워."

"네!"

"재우야, 이번엔 두 번째 자리."

"두 번째, 네!"

물론 그렇다고 재우가 모든 라운드를 완벽히 수행한 것은 아니지만, 정답률은 꽤 높아져 갔다. 모든 퀴즈가 끝난 뒤, 재우네 모둠의 공기는 훨씬 가벼워져 있었다.

지금까지 나는 아이들이 재우가 제 몫을 하지 않는 걸 불평하는 줄 알았다. 그런데 그 질문이 뒤늦게 다르게 들려온다. 나는 끝까지 어른의 언어로만 해석하고 있었던 셈이다.

아이들이 말한 '왜 박재우만 안 해요?'는 '쟤는 왜 안 해요?'가 아니라 '박재우도 할 수 있는데 왜 안 해요?'에 더 가까웠다는 것을 그제야 알았다. 그러니까, 지레짐작은 교실에 굳이 들고 오지 않아도 되는 마음이었다.

환상 속의 돌고래

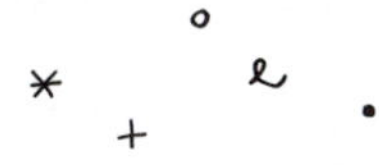

중학교 1학년 때였다. 우리 반은 이 동네의 드센 열네 살이 한데 뒤섞인, 하루도 조용할 날 없는 무법 지대였다. 보이지 않는 서열 싸움이 성행하는 야생의 교실에서는 남학생, 여학생 할 것 없이 더 잘나가는 무리에 끼기 위해 안간힘을 쓰기 바빴다. 하늘 아래 두 개의 태양은 없는 법. 어른과 어린이의 중간 어디쯤 걸쳐 있던 청소년들의 세계는 생각보다 가차 없었다. 한 사이즈 작은 신발을 신고 하루를 버틴 발뒤꿈치처럼, 열네 살의 마음은 여기저기 온통 쏠려서 생채기가 났다. 그 혼란의 한가운데서, 우리 담임 선생님은 그래도 이 사춘기 녀석들을 교화시켜 보겠다고 이야기 하나를 들려주셨다. 그건 바로 돌고래 이야기였다.

대서양에서 실제로 관찰된 사례라며 운을 떼셨는데, 스스로 수면 위로 올라오지 못할 정도로 기력이 쇠한 돌고래 한 마리가 있었다고 한다. 돌고래는 포유동물이라 아가미가 아닌 폐로 호흡하기 때문에, 수면 위로 올라와 숨을 쉬지 못하면 생명이 위험해질 것이었다.

이야기의 하이라이트는 여기서부터였다. 같은 무리의 돌고래들이 병든 돌고래를 두고 가 버리지 않고, 무려 두 시간 동안이나 자신들의 몸으로 밀어 올려 숨을 쉴 수 있도록 도와준 것이다. 엄청난 에너지를 소모하고, 천적의 위협을 무릅쓰면서까지 말이다.

아마 담임 선생님은 매일 티격태격하던 우리에게, 친구의 어려움을 그냥 지나치지는 말자는 이야기를 건네고 싶으셨던 것 같다. 물론, 선생님의 그 뜻을 마음에 진심으로 새긴 학생은 손에 꼽을 만큼이었겠지만.

나 또한 이 이야기를 오래 기억하는 이유는 따로 있었다. 돌고래의 동료애나 이타적인 행동에 감동을 받아서라기보다, 생존이 전부인 야생의 세계에서 동료 돌고래들의 행동이 도무지 이해되지 않았기 때문이다. 앞길이 구만리인 데다가, 잘못하면 천적에게 잡힐 수도 있는 위험천만한 상황에서 그런 선택을 한다는 게 내 눈에는 영락없이 미련하고 한심했다.

나는 그 무리에는 분명, 그런 '미련한' 행동을 견디지 못하고 떠난 보통의 돌고래들도 있었을 거라고 생각했다. 어쩌면 그쪽이 더 평균값에 가까울지도 모른다고. 그렇게 돌고래 이야기는 내게 너무 낯설고, 지나치게 착하고, 뜬구름 잡는 이야기로 남았다. 적어도 그때의 나에게는 그랬다.

세월이 흘러서 나는 교사가 되었고, 교사로서 (더욱이 초등 교사로서) 새싹 같은 아이들에게 늘 신선

한 물과 쨍쨍한 햇볕을 내리쬐어 주어야 하는 사람이 되었다. 설령 내 진심이 그렇지 않더라도, 소위 말하는 '좋은 말'을 해야 하는 임무가 생긴 셈이다. 그래서 가끔 우리 반 아이들 사이에 불협화음이 생기면, 나는 그 돌고래 이야기를 꺼내 놓았다. 아이들이 달라질 거라 기대해서라기보다는, 그냥 그 이야기가 그 상황에 가장 무난한 선택지였기 때문이다.

＊ · °

그러던 어느 초여름의 국어 시간, 여행지 소개문을 만들기 위해 두 명씩 짝을 정하던 중이었다.

"선생님, 제가 준우랑 같은 모둠 해도 될까요?"

준우의 시선을 모두가 외면하는 가운데 준우와 짝을 하겠다는 목소리가 어디선가 들려왔다.

교실에는 느린 아이들이 있는데, 크게 세 부류다. 첫 번째는 행동이 단순히 느린 아이들이다. 생각이 너무 많거나 혹은 너무 없어서, 말이나 행동이 두 배쯤 굼뜨다. 이 아이들은 동작만 느릴 뿐 학습이나 친구 관계에 큰 지장은 없다. 시간이 흐르면 대부분 나아진다. 두 번째는 일과 중에 특수학급에 다녀오는 아이들이다. 공식적으로 특수교육 대상자인 이 아이들은 원 교실에서 생활할 때 조금 느리거나 실수를 해도, 친구들이 많이 배려하고 도움을 준다.

마지막으로 세 번째는, 앞의 두 부류 어디에도 속하지 않는 아이들이다. 선생님인 나를 가장 고민스럽게 하는 경우이기도 하다. 수업 내용을 따라가기 힘들어하고 인간관계에도 서툴러서, 친구들에게 은근한 기피와 무시를 겪는다. 이런 어려움은 겉으로 잘 드러나지 않는다. 또 제 나름대로 눈치를 발휘해서 학교생활을 곧잘 따라가기에 친구들의 적극적인 도움을 기대하기도 어렵다. 준우가 바로 이 세 번째에 속하는 어린이였다.

준우는 스스로 생각하고 글로 표현하는 것을 어려워했다. 예를 들면, '오늘 기분이 어때?'라는 간단한 질문에는 시간이 걸리더라도 대답할 수 있었지만, 그걸 글로 쓰라고 하면 너무나 어려워했다. 준우의 최선이 친구들에게는 아쉬웠기에, 준우와 같은 모둠이 되는 걸 싫어하는 티가 은근히 났다.

그런 준우에게 한성이가 먼저 같은 팀이 되자고 제안한 것이다. 갈 곳 잃은 비둘기처럼 어쩔 줄 몰라 하던 준우는 구원투수라도 만난 듯 고개를 끄덕이며 한성이 옆에 찰싹 달라붙었다.

여행지 소개문 만들기는 국어 수행평가 중 하나였다. 아이들은 모둠별로 가 보고 싶은 여행지를 정한 뒤 태블릿을 이용해 자료를 찾았다. 주제가 흥미로웠는지 모두가 조그만 머리를 맞대고서 열심이었다.

나는 어쩐지 한성이와 준우네가 새끼손가락의 거스러미처럼 자꾸 신경이 쓰였다. 가까이 다가가 보니 한성이는 책상 위에 태블릿과 교과서, 빈 종이를 꺼내 놓고 열심히 무언가를 받아 적고 있었다. 그리고 준우는 그런 한성이를 가만히, 마치 '멍때리기 대회'의 참가자처럼 멀뚱멀뚱 지켜보고만 있었다. 나는 준우를 채근했다.

"준우야, 네가 맡은 일 있지?"

준우는 고개를 두어 번 끄덕였다.

"오늘은 두 명이 같이 하는 거니까, 준우도 절반은 만들어야 해."

내 말이 끝나자마자 한성이가 속사포처럼 말을 쏟아 냈다.

"아, 선생님! 준우가 여기 일 번부터 삼 번까지 찾은 거예요. 많이 했어요. 그리고 제가 이거 하라고 했어요."

준우가 자기 역할을 하고 있으니 걱정하지 말라고 안심시키려는 듯 보였다. 하지만 실제로는 한성이가 대부분을 도맡아 하고 있을 게 분명했다.

마침내 수행평가의 발표 날이 다가왔다. 규칙은 간단했다. 두 사람이 반드시 함께 발표에 참여하는 것이었다. 내용을 반반으로 나누든, 9대 1의 비율로 나누든 상관없지만, 모두가 한 마디씩은 이야기하자는 약속이었다.

아이들은 모둠별로 알아서 분량을 나눴는데, 대부분은 발표를 좀 더 잘한다고 생각하는 친구 쪽으로 내용을 몰아주었다. 그런데 한성이와 준우는 의외였다. 첫 번째부터 여섯 번째 페이지까지는 한성이, 일곱 번째부터 열두 번째 페이지까지는 준우, 이렇게 정확히 반반으로 나눠 왔다.

먼저 한성이의 낭랑한 목소리가 교실 안을 채웠고, 물 흐르듯 자연스러운 발표가 이어졌다. 다음은 준우의 차례였다. 준우는 특유의 미성으로 더듬더듬 읽어 나갔다. 자리에 앉아 있던 아이들은 몸을 앞으로 당겨 귀를 기울였다.

"이곳은 빅…… 빅……."

글을 막힘없이 읽는 게 어려운 준우였다. 그때, 한성이의 낮은 속삭임이 들렸다.

"……이곳은 빅 벤입니다."

한성이는 자기 입을 살짝 가린 채, 준우가 따라 말할 수 있도록 앞서 읽어 주고 있었다. 한성이의 말을 따라 준우의 말이 이어졌다. 산 정상의 메아리처럼 두 아이의 목소리가 번갈아 교실을 울렸다.

"이곳은 축구 경기장입니다."

"이곳은 축구…… 경기장입니다."

"손흥민, 손흥민."

"아, 여기서…… 손흥민이 경기합니다."

다음 장도, 그다음 장도 한성이는 낮게 속삭이며 준우의 발표를 도왔다. 한성이는 준우의 몫을 대신 짊어지지도, 답답한 티를 내며 타박하지도 않았다. 두 아이는 완벽한 한 팀이 되어 발표를 마쳤다. 수행 평가가 모두 끝나고, 자료를 정리하고 있는 두 아이에게 다가갔다.

"한성이, 수고했어. 준우도 발표 많이 늘었다!"

"준우가 자료 잘 찾아 줬어요. 같이 하니까 재밌었어요!"

준우는 조용히 부끄러워했고, 한성이의 표정은 밝았다. 그 장면은 이상하게도, 대서양 바닷속에서 서로를 도우며 살아가던 그 돌고래들을 떠올리게 했다.

　오래전, 선생님이 들려주셨던 돌고래 이야기는 환상 속의 이야기가 아니었다. 생각보다 가까운 곳에서도 목격할 수 있는, 그런 이야기였다.

한마음 한뜻으로

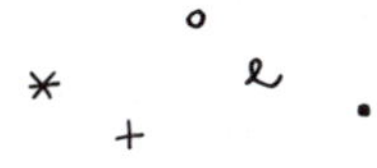

요즘 학교에서는 희망하는 어린이만 우유 급식을 먹는다. 먹기 싫어하는 음식을 억지로 먹이던 시절은 지났고, 알레르기나 소화 문제를 가진 아이들이 많아 자율적으로 선택할 수 있게 되었다.

매일 아침 당번이 우유 상자를 들고 오면, 우유를 좋아하는 아이들은 도착하자마자 한 팩을 꺼내 원샷하고는 '캬~' 소리를 낸다. 반면 신청은 했지만 한 번에 마시기 힘들어하는 아이들은 우유 입구를 열어 둔 채, 책상 모서리에 세워 놓고 조금씩 홀짝인다.

　　문제는 아이들이 수업 시간이나 쉬는 시간에 좀처럼 가만히 있질 않는다는 데 있다. 뒤로 건네는 학습지, 뾰족한 팔꿈치, 지나가다 스치는 짝꿍의 옷자락 하나에도 우유는 어김없이 바닥으로 쏟아진다.

　　아주 특별한 일은 아니지만, 주의를 거듭했음에도 불구하고 그 장면이 반복되기 시작하면 내 입에서는 한숨부터 나온다. 수업 흐름이 뚝 끊길뿐더러, 우유 특유의 꿉꿉한 냄새는 생각보다 오래가서 한겨울에도 창문을 열어 둬야 한다. 게다가 아이들은 바닥에 흘린 액체를 요령껏 닦는 데 영 소질이 없다. 애꿎은 휴지만 잔뜩 가져와 바닥을 비벼대면, 우유는 바닥에서 춤을 춘다.

　　교과서 속 동시를 읽고 있던 국어 시간, 어김없이 그날도 반쯤 출렁이던 지우의 우유가 바닥으로 직행했다. 나도 사람인지라 슬그머니 화가 올라왔다. 진도가 늦어서 마음이 더 바빴다. 잔소리를 장전하려던 바로 그 순간이었다. 갑자기 교실 여기저기에서 아이들이 일어나기 시작했다. 지우의 자리는 1분단이었는데, 3분단 맨 끝에 앉아 있던 아이까지 신속하게 교실 뒤 자신의 사물함으로 향했다. 새 학기 때 각자 집에서 가져온 두루마리 휴지를 꺼내기 위해서였다.

"지우야, 옷에 안 묻었어? 일단 이걸로 닦아."

"이 정도면 얼마 안 쏟았네. 금방 닦을 수 있겠다."

아이들은 휴지를 한껏 손에 뭉쳐 바닥을 닦기 시작했다. 한 아이는 떨어진 우유갑을 주워 빈 속을 확인하더니 납작하게 접어 상자에 가져다 놓기까지 했다. 마치 자기들끼리 무언의 약속이라도 한 듯, 척척 움직였다.

어떻게 이런 아이들이 있을 수 있냐고 묻는다면, 나도 모르겠다. 평소에는 공주님, 왕자님 같은 모습을 보여 주기도 하는 아이들이었다. 자기 자리 청소도 미루기 일쑤였고, 우유 냄새만 나도 코를 부여잡으며 '토할 것 같아요~' 하고 엄살을 피우던 아이들이었다. 그런데 이상하게도 그 순간에는 아무렇지 않아 했다. 그런 와중에 한준이가 내 앞으로 다가왔다.

"선생님, 저도 도와주고 싶은데, 물걸레 빨아 와도 돼요?"

대답을 기다릴 새도 없다는 듯, 한준이의 몸은 이미 청소도구함 쪽을 향해 있었다. 그리고 곧이어 물걸레를 꺼내 화장실로 달려갔다. 잠시 후, 다시 등장한 한준이는 물이 뚝뚝 떨어지는 물걸레를 들고 있었다.

"얘들아, 잠깐 나와 봐!"

바닥을 닦던 아이들이 홍해 갈라지듯 비켜섰고, 한준이는 얼룩진 자리를 쓱싹쓱싹 문질렀다. 그 사이 예진이는 창문을 활짝 열었다. 모든 정리가 끝나기까지 십 분도 채 걸리지 않았다. 단순한 실수였고, 그렇게 큰일도 아니었다. 함께 힘을 합치면 금방 해결될 일이었다. 한숨 고르기만 한다면 아무 문제가 없을 일을, 내가 그르칠 뻔했다.

나는 지우에게 말했다.

"지우야, 괜찮지?"

"네……."

"지우도 나중에 다른 친구가 어려운 일 있을 때 도와줄 수 있겠다. 그렇지?"

지우가 고개를 끄덕였다.

사실, 이 말은 나에게 하는 말이었다. 문득 8년 전, 어두운 강당에서 마주친 부장님의 뒷모습이 떠올랐기 때문이다. 다른 친구가 흘린 우유를 기꺼이 닦아 주는 어린이들의 모습은, 잊고 있던 기억을 불러낼 만큼 귀했다.

* ﹒ °

스물 넷, 아직 저경력이던 시절의 일이다. 당시 교감 선생님은 열세 살 전교 회장과 열두 살 전교 부회장을 곁에서 돕는 데 가장 적임자는 젊은 교사라고 판단하셨던 모양이다. 여느 직장인이 그렇듯, 내 의지와는 무관하게 학생자치회 운영 일을 덥석 맡게 되었다.

이 일은 자잘하게 손이 많이 갔다. 격주로 전교

회의를 열고, 전교 임원 아이들이 공약을 실천할 수 있도록 돕고, 교통안전이나 학교폭력 캠페인을 열거나 봉사활동 때 아이들을 인솔하는 일이 주된 역할이었다. 요령도 없고 주먹구구식이었지만, 젊음의 체력과 패기로 어떻게든 하나하나 해치워 나갔다.

그런데 12월은 유난히 고단했다. 자치회의 업무는 업무대로 있고, 담임으로서의 학급 운영은 또 따로 있다 보니 정신이 하나도 없었다. 6학년 우리 반 아이들은 이미 중학생이라도 된 듯 거만하게 굴었고, 긴장의 끈을 놓아 버린 건지 사사건건 사고를 쳤다. 학기 말이라 처리해야 할 행정 업무도 쏟아졌다. 어디 신통한 도사님이 분신술 좀 안 가르쳐 주시나 싶은 생각이 절로 들 정도였다.

마침내 내년도 전교 임원 선거까지 마치고 최종의 최종으로 남은 일은 투표소 정리였다. 터덜터덜 무거운 다리를 이끌고 텅 빈 강당으로 내려갔다. 불 꺼진 강당의 한가운데, 직사각형 기표소 여러 개가 우두커니 서 있었다. 펼칠 때는 몰랐는데, 막상 접으

려니 그 과정이 여간 버거운 게 아니었다.

중얼거리며 혼자 낑낑대고 있을 때였다. 갑자기 아무도 없는 강당에 슬리퍼 끄는 소리가 길게 울려 퍼졌다. 이어서 낮고 느린 목소리가 공간에 쩌렁쩌렁 울렸다.

"박 선생님, 거의 다했어요? 일찍 올걸."

목소리의 주인공은 '어떤' 선생님이었다. 아니, 정확히 말하면 '어떤 남자 부장님'. 그분을 그렇게 부를 수밖에 없는 이유는, 도무지 무슨 업무를 맡고 계신지 알 수 없었기 때문이다. 그 정도로 평소 교류라고는 거의 없던 분이었다. 그 부장님은 능숙하게 기표소를 통째로 들어 올리더니 척척 정리를 해 나갔다.

그때의 든든함이란. 눈물이 찔끔 맺히려는 것을 간신히 참았다. 나는 그 부장님을 보면서 호기롭게 다짐했다. 언젠가 나도, 저런 선배가 되겠다고. 경력이 쌓이고 여유로워지면 꼭 힘들어하는 어린 선생님들을 기꺼이 도와주는 사람이 되겠다고 말이다.

✳ ⋅ ∘

그렇게 8년의 세월이 흘렀다. 학교 돌아가는 사정도 대강 알게 되었고, 업무도 익숙해졌으며, 요령도 생겼다. 그렇다면 나는 다짐했던 것처럼 멋진 선배가 되었을까?

아니다. 그냥 8년 차 옆 반 교사가 되었다. 수업과 업무가 끝나면 지친 몸을 곧바로 늘어뜨리고 교실 불을 끈 뒤, 한참 앉아 있다가 갈 뿐이다. 누군가를 먼저 찾아가 도와준 적은 잘 기억이 나지 않는다.

나도 모르게 '각자도생'이라는 말에 고개를 끄덕이며 살고 있었기 때문일까. 한준이가 무심코 뱉은, 딱히 대단하거나 거창하지 않았던 그 한마디가 이상하게 귀에 걸려 쉽게 떨어지지 않았다.

어른이란 매일같이 100미터 달리기 경주를 하듯 살아가는 사람들 같다. 모두가 각자 앞만 보고 전력질주를 한다. 누군가에게 감동의 쓰나미를 느껴 본

적 있는 나조차도, 주변을 살피며 달리는 것에는 자신이 없다.

그렇지만 어린이의 세계에 있다 보니, 선의는 꼭 거창하지 않아도 된다는 생각이 든다. 물걸레를 빨아 오겠다는 한준의 말 한마디처럼, 조금 번거롭고 조금 따뜻한 정도면 충분하지 않을까. 그래서 이제부터는 주변을 애써 모른 척하지 않기로 한다. 아이들의 그런 마음이 이 세상에서 사라지지 않도록, 나도 가끔은 내 몫을 보태고 싶다.

뿅망치가 부러진 날

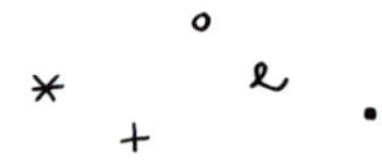

가끔 뉴스를 훑다 보면 유독 눈에 들어오는 문장이 있다. '나 몰라라……'라는 말이 함께일 때다. 그 문장은 정치면이든 사회면이든 가리지 않고 등장한다. 돈 앞에서도, 책임 앞에서도, 관계 앞에서도 사람들은 종종 아주 자연스럽게 '나 몰라라'의 자세를 취한다. 그 틈에서 기꺼이 '내가 할게요' 하고 나서는 사람은 조금 유별나 보일 정도다. 나는 당연히 그쪽은 아니었다. 오히려 나만 그런 게 아니라는 사실에 안도하는 쪽이었다.

* . °

고등학교 1학년, 방황의 끝자락에서 막 철이 들었을 때였다. 대학 입시에 조금이라도 도움이 될까 싶어 학급 회장을 맡았다. 스스로 자처한 일이라 최선을 다하려 했지만, 문제는 담임 선생님과의 궁합이었다. 선생님은 학급 운영에 무척 무관심했다. 교실 바닥에 빵 봉지와 먼지 쌓인 쓰레기가 몇 주째 굴러다녀도, 삐딱한 친구가 수업 분위기를 제멋대로 만들어도, 교실에서 일어난 일은 내 일이 아니라는 듯 뒷짐 지고 관전할 뿐이었다.

반면 교과목 선생님들은 수업하러 우리 교실에 들어올 때마다 무심코 한마디씩 툭 던졌다. 마치 '오늘 점심 급식으로 뭐 나오니?'라고 묻듯 가벼운 목소리로.

"여기 회장 누구니? 교실이 너무 지저분하다!"

악의는 없었겠지만, 그 말을 들으면 꼭 머리 위로 우박이 떨어지는 기분이었다. 그래서 나는 회장이라는 이유로 총대를 메고, 눈물이 나려는 걸 꾹 참으며 매일 교실 바닥을 빗자루질 했다. 그때, 열일곱 인생 처음으로 '내가 시작한 것을 책임지는 일'의 무게를 어렴풋이 알게 되었다. 그것은 하염없이 무겁고, 때로는 괴롭고, 부담스러운 것. 괜히 짊어지면 숨 막히는 것, 피할 수 있다면 피하고 싶은 것이었다.

그 일 이후로 나는 쉽게 무거운 봇짐을 짊어지려 하지 않았다. 집에서도, 회사에서도 웬만하면 한 발짝 뒤로 물러나는 쪽을 선택했다.

어린이라고 크게 다르지 않다. 속이 뻔히 보이는데도 '나 몰라라'의 자세로 상황을 모면하는 아이들도 있고, 누구보다 빨리 조용한 구석 자리를 차지하는 아이들도 있다. 어린이도 '나 몰라라'의 편안함을 안다. 그런데 가끔, 정말 가끔 아주 사소한 순간에 모른 척하지 않고 책임을 덥석 안아 버리는 아이들을 만난다. 좁은 어깨에 어울리지 않는 무게를 얹고 고군분투하는 아이들, 열두 살 재아와 예지다.

✳ · ○

당시 우리 반 아이들은 모두 1인 1역할을 맡고 있었다. 일종의 소소한 단기 적성 체험이었다. 역할의 선택지는 태블릿을 충전하고 나누어 주는 태블릿 도우미, 매일 수학 숙제를 검사하는 숙제 검사자, 월별로 자리를 바꿀 때 아이디어를 내는 자리 배치 담당자 등 다양했다.

그중 아이들에게 가장 인기 있는 역할은 바로 이벤트 기획자였다. 이벤트 기획자는 한 달에 한 번, 친구들과 함께 즐겁게 시간을 보낼 수 있는 한 시간짜리 행사를 기획하고 운영하는 일을 했다. 마피아 게임, 교실 피구, 가가볼,▾ 유령 기차,▾▾ 좀비 게임 등 친

▾ 책상으로 만든 울타리 안에서 공을 튕겨 상대의 무릎 아래를 맞혀 탈락시키는 놀이.

▾▾ 모두 엎드린 상태에서 술래가 몰래 한 명씩 데려가 기차를 만들고, 마지막에 남은 한 사람을 깜짝 놀라게 하는 놀이.

구들과 평소에 하고 싶었던 놀이를 정해서 함께 즐기면 되는 일이었다.

5월의 이벤트는 '말미잘 술래잡기'였다. 일반적인 술래잡기와 똑같이 한 명의 술래가 나머지 사람들을 잡는 룰이었는데, 차이점이 있었다. 이 술래잡기는 술래에게 잡히면 그대로 아웃 되는 게 아니라 술래의 도우미로 변신한다. 술래처럼 자유롭게 돌아다닐 수는 없지만, 잡힌 자리에 서서 마치 '말미잘'처럼 팔을 휘적휘적 뻗어 친구를 잡는 식이다. 술래와 말미잘이 된 친구들을 이중으로 피해야 하니 원조 술래잡기보다 훨씬 흥미진진했다.

매월 마지막 주 금요일, 이벤트 하는 날만 손꼽아 기다리던 아이들 사이로 이벤트 기획자였던 예지가 도움을 구했다.

"얘들아, 혹시 집에 뿅망치 있는 사람 있어?"

"뿅망치? 뿅망치가 왜 필요해?"

"아, 내가 옛날에 해 봤는데 술래가 손으로 터치하는 것보다 뿅망치를 들고 잡아야지 재밌어."

영우가 손을 번쩍 들었다. 작은 키에 동글동글한 인상의 영우는 눈사람처럼 귀여운 남학생이었다.

"오, 영우야 너 뿅망치 있어? 진짜 빌려줄 수 있어?"

"응!"

"오, 고마워! 그러면 내일 꼭 가져와야 해!"

영우는 자신 있게 고개를 끄덕였다.

하지만 다음 날, 영우가 가져온 뿅망치는 나와 아이들이 생각한 모양과 많이 달랐다. 우리는 예능 프로그램에 자주 등장하는 꽤 큼직하고 삑-삑- 소리가 나는 빨간색 뿅망치를 상상했는데, 영우가 가져온 것은 우선 크기부터 십분의 일 정도로 작았다. 그건 바로 문구점에서 파는, 해바라기씨 초콜릿 통에 붙은 미니 뿅망치였다. 얇기도 얇아서 몇 번 하면 부러지겠다는 생각이 제일 먼저 들었다. 예지도 '스읍, 이건 아닌데?'라는 표정을 잠깐 지었지만, 일단 게임이 시작됐다.

불안한 예감은 역시 비껴가지 않았다. 강당에서

신나게 놀이를 시작한 지 이십 분쯤 지났을 때, 뽕망치가 부러지고 말았다. 술래 몇 명의 손을 거친 뽕망치는 모서리 쪽이 갈라지고 너덜너덜해지더니, 재아가 술래 역할을 하던 순간에 뽕망치의 머리 부분이 탁 하는 소리와 함께 공중으로 빙글빙글 날아가 버렸다. 그리고 통 안에 들어 있던 해바라기씨 초콜릿마저 투명 구슬이 도르르 굴러가듯 바닥에 쏟아졌다. 시끌벅적하던 강당이 그대로 정적에 휩싸였다.

아이들이 식겁한 표정을 지으며 재아 주변으로 몰려들었다. 뽕망치의 주인인 영우도 함께였다. 당황 반, 슬픔 반이 섞인 영우의 얼굴은 건드리면 울 것처럼 벌겋게 달아올랐다.

다른 아이들은 부러진 뽕망치를 들고 서 있는 영우의 눈치를 살폈다. 이제 어른인 내가 나설 차례였다. 얼른 아이들에게 바닥의 해바라기씨를 줍게 하고, 영우를 달래야겠다고 생각했다. 그때 재아가 어쩔 줄 모르는 표정으로 영우에게 먼저 다가갔다.

"어, 영우야 미안해. 일부러 그런 건 아닌데⋯⋯."

"……."

잘 놀다가 친구의 물건을 부러뜨린 꼴이 되어 버린 재아나 일부러 그런 것이 아니란 걸 알면서도 속상한 영우, 둘 다 억울하고 난감한 상황이었다. 이렇게 누구의 잘못이라고 딱 잘라 말할 수 없는 애매한 상황에서는 제대로 대처하지 않으면 서로를 탓하며 감정만 상하는 경우가 왕왕 있었다. 그런데 잠시 머뭇거리던 재아가 비장한 표정으로 말을 꺼냈다. 눈동자에는 어떤 결연한 기운마저 감돌았다.

"영우야, 이따가 교실 가서 내가 무. 조. 건. 고쳐 줄게."

재아의 '무조건'에는 악센트가 쾅 박혀 있었다. 뒤에서 골똘히 무언가를 생각하던 예지도 아이들 틈을 파고들어 영우 앞에 섰다.

"나도 도와줄게. 내가 뽕망치 빌려 달라고 한 거잖아."

그렇게 교실로 올라 온 재아와 예지는 뽕망치 소

생 작전을 펼치기 시작했다. 뿅망치는 이음매가 아예
부러져 이전처럼 완벽하게 되돌릴 수는 없었다(애초
에 고쳐서 쓸 만큼 튼튼한 물건이 아니긴 했다). 하지만 재
아와 예지는 투명 테이프를 가로로 붙였다 세로로 붙
였다, 노란 고무줄을 일자로 묶었다 엑스자로 묶었다
하며 뿅망치의 머리 부분과 플라스틱 통 부분을 고정
하기 위해 애를 썼다. 쉬는 시간도 반납하고, 6교시가
끝난 후 다른 아이들이 하교한 뒤에도 재아와 예지는
집에 가지 않고 교실에 남아 뿅망치를 고쳤다. 하교
시간이 삼십 분쯤 지나고 나서야 재아와 예지는 교실
구석에서 기다리던 영우에게 뿅망치를 건넸다.

"영우야, 우리가 고치긴 했는데 이 정도면 어때?
막 세게만 안 휘두르면 꽤 오래갈 것 같은데."

"맞아. 별로 티 안 나지? 이제 괜찮아?"

뿅망치를 받아 든 영우가 조용히 고개를 끄덕였
다. 괜찮다는 표현이었다. 다행히 강당에서보다는 훨
씬 진정된 표정이었다. 영우와 재아는 학원을 가야
한다며 먼저 교실 문을 나섰다. 혼자 남아서 가방을

챙기던 예지가 갑자기 내게 다가왔다.

"저기, 선생님."

"응?"

"저 뿅망치…… 아무래도 박살이 나가지고요. 혹시 제가 내일 하나 사 와도 괜찮을까요?"

"새로 사 온다고? 그래도 열심히 고쳐 주지 않았어? 영우도 괜찮은 것처럼 보였는데."

"그렇긴 한데요……. 그래도 제가 하자고 한 게임이어서요."

"예지 너 마음 편한 대로 해. 부모님과도 상의해 보고."

다음 날, 예지는 기어코 학교 앞 무인 판매점에서 똑같은 초콜릿 뿅망치를 사 와 영우에게 건네 주었다.

＊ . ○

사실 누군가의 물건이 망가지는 일은 학교에서

흔하다. 뽕망치를 마지막으로 들고 있던 재아가 '미안해' 한마디만 하고 돌아섰어도 누구도 뭐라 하지 못했을 일이다. 그럼에도 예지는 할 수 있는 건 다 하고자 했다. '나 몰라라' 할 수 없는 마음 때문이었을까. 열두 살의 마음은 종종 어른이 미처 헤아리지 못할 정도로 깊다.

어른[어:른]
1. 다 자란 사람. 또는 다 자라서 자기 일에
   책임을 질 수 있는 사람
2. 나이나 지위나 항렬이 높은 윗사람
3. 결혼을 한 사람

국어사전에서 찾은 어른의 정의는 이렇다. 그중에서도 유독 '책임'이라는 단어가 눈에 밟힌다. 행동 하나하나에 책임을 지는 것, 의도했든 아니든 시작한 일의 끝자락까지 가 보는 것.
문득 눈에 자주 보였던 '나 몰라라……' 관련 인터

넷 뉴스가 떠오른다. 그 뉴스에는 '나이만 먹고 어른은 못 됐다'라는 댓글이 줄줄이 달려 있었다. '나 몰라라'와 '어른'이 언제부터 이렇게 단짝이 된 걸까. 교실 한쪽에서 뿡망치를 고치던 아이들의 뒷모습이 자꾸 떠오른다.

나의 작은 은인

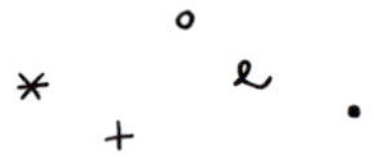

학교에는 '퐁당퐁당 법칙'이라는 게 있다. 유난히 힘든 아이들을 만난 해가 지나면, 그다음 해에는 비교적 순한 아이들을 만나게 된다는 일종의 미신이다. 그저 웃자고 하는 말이지만, 이상하게도 내게는 꽤 잘 들어맞았다. 퐁당퐁당하면서 건너온 지 어느덧 8년, 여기까지 올 수 있었던 건 결코 나 혼자만의 힘 때문은 아니었다.

아마 대한민국의 많은 선생님들에게는 눈을 감

으면 자연스럽게 떠오르는 아이들이 한두 명쯤 있을 것이다. 사실 이런 종류의 기억에서는 손 하나 댈 것 없이 완벽했던 아이들보다, 유난히 아픈 손가락이었던 아이들의 비중이 훨씬 크다. 나 또한 짧은 교직 인생이 마냥 순탄했던 것만은 아니라서, 눈을 감으면 몇몇 얼굴들이 주마등처럼 스쳐 지나간다. 나를 무척 고민스럽게 만들었던 얼굴들, 문득문득 잘 지내고 있을지 걱정이 앞서는 아이들이다.

그리고 그런 아이들을 떠올리다 보면, 원 플러스 원 세트처럼 나란히 겹쳐 떠오르는 또 다른 얼굴들이 있다. 분명 서로 다른 아이인데, 기억 속에는 꼭 함께다.

* . °

나는 하림이를 생각하면, 소윤이가 떠오른다.

6학년이었던 하림이는 학교 밖 청소년이었다. 짧은 치마에 짙은 눈화장, 은근한 담배 냄새를 풍기던 아이였다. 하림이는 이미 학생으로서 지켜야 할

기본적인 루틴을 놓쳐 버린지 오래였다. 책가방을 챙겨 시간에 맞게 등교하거나, 수업 시간에 교과서를 펴 놓는 일 같은 건 기대하기 힘들었다.

그렇지만 내 기준에서 하림이는 참 착한 아이였다. 눈빛이 선했고, 선생님께 대들거나 수업을 방해해 다른 친구들에게 피해를 주는 일은 없었다. 하림이가 그런 삶의 방향을 선택할 수밖에 없었던 나름의 이유와 복잡한 가정사가 있었기에 나는 그 아이를 할 수 있는 한 품고자 했다. 하림이는 학교에 영 마음을 붙이지 못했지만, 나는 하루에 한 번 얼굴도장이라도 찍고 가 주면 좋겠다고 바랐다.

전형적인 초등학생과는 거리가 먼, 거친 말투와 반항적인 기운을 풍기는 하림이를 다른 아이들이 선뜻 좋아하기란 쉽지 않았다. 하림이 역시 '그깟' 친구 관계에 크게 연연해 하지 않는 편이었다. 친한 친구가 한 명만 생겨도 학교에 조금은 정을 붙이지 않을까 했던 나의 기대는 학기 초에 잠깐 머물다 신기

루처럼 사라졌다. 그렇게 외딴섬이 된 하림이와 나의 공동 목표는 단 하나, 무사한 졸업이었다.

어느덧 10월, 가을 현장 체험학습 주간이 다가왔다. 장소는 아이들이 상상할 수 있는 최고의 장소, 에버랜드였다. 보통 에버랜드로 체험학습을 가면 아이들에게 자유이용권을 주고 원하는 놀이기구를 탈 수 있도록 풀어 둔다. 사람이 워낙 붐벼 단체로 움직이기도 어렵고, 놀이기구 취향도 제각각이기 때문이다.

우선, 놀이기구를 잘 타는 아이들과 그렇지 않은 아이들을 먼저 나누고, 그 안에서 자유롭게 네 명씩 짝을 지어 보도록 했다. 하림이는 아이들 사이에 끼지 못하고 한참을 멀뚱멀뚱하게 서 있더니, 놀이기구를 잘 타는 쪽으로 한 발을 옮겨 섰다.

6학년 말쯤 되면 아이들은 이미 서로를 훤히 안다. 그리고 혹여 팀을 짜다가 분란이 생기면 선생님이 번호 순서대로 결정해 버린다는 것을 알기에 최대한 자신들끼리 협의하려고 한다.

아이들은 제법 익숙하게 권유와 양보를 써 가며

금방금방 네 명씩 팀을 만들었다. 하지만 예상대로, 하림이는 어느 팀에도 들어가지 못하고 홀로 남아 있었다. 이런 상황이 익숙하다는 듯 포커페이스를 유지한 채 고고한 자세로 말이다.

6학년 현장 체험학습은 그해의 가장 큰 이벤트나 다름없었다. 아이들에게 하림이는 거리를 두고 싶은, 불편한 동급생이었을 것이다. 하림이와 같은 팀이 되고 싶지 않은 마음도 충분히 이해됐지만, 나는 슬슬 조급해졌다. 사실 새 학기부터 지금까지 하림이와 수없이 많은 씨름을 거듭해 온 터라, 내 마음도 많이 지친 상태였다. 내가 하림이를 데리고 다닐 수도 있었지만, 나는 놀이기구 타는 것엔 영 소질이 없었다. 그때였다.

"선생님."

"응?"

"저희가 하림이랑 할까요?"

검은 먹구름 사이로 비치는 태양 빛 같은 목소리의 주인공은 바로, 소윤이였다. 소윤이는 노랗게 염

색한 단발머리에 어른스러운 쿨한 표정이 인상적인 여학생이었다.

"소윤이네 팀 누구누구지?"

"저희, 이렇게요."

소윤이 옆에는 여학생 한 명과 남학생 두 명이 서 있었다.

"너희 다 괜찮아?"

"네……. 뭐 괜찮아요."

나는 하림이에게 다가가 물었다.

"하림아, 소윤이 팀이랑 같이 다닐래?"

"……."

"이날은 절대로 지각하면 안 되고, 하림이도 여기 팀 친구들이 하자는 대로 잘 협조해야 해."

하림이와 소윤이는 일 년 가까이 같은 반에 지냈지만, 서로 대화를 나누거나 모둠 활동을 해 본 적은 손에 꼽을 만큼 적었다. 하림이는 멀뚱하게 쳐다보더니 이내 소윤이네를 손가락으로 가리키며 물었다.

"쟤네가 저 괜찮대요?"

소윤이가 나를 대신해 담담하게 대답했다.

"응, 상관없어."

"그럼 저도 괜찮아요."

그렇게 나의 걱정에 비해 팀은 생각보다 수월하게 결정되었다.

* . °

에버랜드를 가는 날 아침, 10월 중순의 가을 하늘은 맑고도 청명했다. 전날 하림이에게 귀에 딱지가 앉도록 '내일은 지각하면 안 돼!'를 외쳤던 효과가 있었는지 하림이는 출발 시간 5분을 남기고 교문을 통과했다.

한 시간 반을 달려 도착한 에버랜드는 극성수기 아니랄까 봐 전국의 초중고 학생들로 빈틈없이 바글거렸다. 아이들에게 오후에 모일 장소를 다시 한번 일러 주고, 점심을 꼭 챙겨 먹으라고 말했다. 어디로 튈지 모르는 하림이에게는 따로 불러서 단단히 당부

해 두었다.

"하림아, 너 중간에 집에 가면 안 된다. 진짜 여기서 없어지면 큰일 나."

"알겠어요. 집 안 갈게요."

"소윤이 잘 따라다녀. 오늘만큼은 하자는 대로 같이 좀 해 주고. 알았지?"

"네."

격정이 태산 같은 선생님 마음을 아는지 모르는지 아이들은 '이제 알겠으니, 제발 보내 줘요!' 하는 표정을 지었다. 나는 아이들을 향해 마지막 당부를 덧붙였다.

"얘들아, 셀카 미션 알지?"

"네, 알아요! 선생님, 다른 반은 벌써 들어가요!"

"그래그래, 무슨 일 있으면 전화하고! 재밌게 놀고 와."

전속력으로 뛰어 들어간 아이들은 이내 작은 점으로 흩어졌다.

일 년 동안 하림이의 일거수일투족에 마음을 졸

여 온 게 습관이 된 탓인지, 아이들이 신나게 노는 동안에도 하림이가 소윤이네와 잘 어울리고 있을지 마음이 좀처럼 놓이지 않았다.

우웅-

그러던 중, 휴대폰의 진동이 울렸다. 학급 밴드 앨범에 사진 한 장이 올라왔다. 티익스프레스를 기다리는 줄에서 찍은 소윤이네 팀의 셀카였다. 맨 앞쪽에 소윤이와 지연이, 그 뒤에 우재와 대현이, 그리고 맨 뒤에는 카메라 화면을 삐딱하게 노려보는 하림이가 있었다.

점심시간에도 사진이 올라왔다. 사람이 가득 찬 패스트푸드점에서 옹기종기 끼어 앉은 소윤이네 팀이었다. 햄버거를 입에 문 하림이는 아이라이너로 질어진 눈을 동그랗게 뜨고 카메라를 쳐다보고 있었다.

오후가 되자, 사진 여러 장이 한꺼번에 올라왔다. 바이킹을 기다리며 츄러스와 아이스크림을 먹는 모습, 언제 샀는지 모를 캐릭터 머리띠를 단체로 쓰고 있는 모습이었다. 하림이의 머리 위에도 몽실몽실

한 나무늘보 한 마리가 엎어져 있었다. 마지막은 광장의 벤치에 앉아 찍은 사진이었다. 나란히 앉아 찍은 그 사진 속에서 하림이는 브이를 하고 있었다. 나는 그 사진을 한참 들여다보았다.

집합 시간인 오후 네 시가 되었다. 반나절 만에 다시 모인 아이들은 머리카락이 여기저기 헝클어지고 지친 기색이 역력했지만, 기분만은 최고조인 것처럼 보였다. 나는 짐짓 모르는 척 소윤이네를 향해 말했다.

"소윤이네 사진 보니까 엄청 재밌게 놀았더라!"

"되게 재밌었어요. 저희 놀이기구 네 개나 탔어요. 그리고 이것도 샀다요?"

소윤이와 아이들은 머리띠를 벗어 내게 보여 주더니, 뒤를 돌아 소리쳤다.

"야, 박하림! 너도 머리띠 샀잖아."

하림이는 멋쩍은 표정으로 멀리서 서성거리다 이내 다가왔다.

"아, 이거 여기요. 저도 샀어요."

하림이는 나무늘보 머리띠를 내밀었다. 하림이의 볼이 살짝 붉게 달아올라 있었다.

아이들은 버스에 타자마자 주차장을 벗어나기도 전에 곯아떨어졌다. 하림이와 소윤이도 예외는 아니었다. 해가 짧아졌는지, 학교에 도착하니 노을이 지고 있었다. 아이들을 모두 집으로 보내면서 나는 소윤이를 잠시 불렀다.

"소윤아, 오늘 고생 많았어."

"뭐가요?"

"하림이랑 별일 없었지? 선생님이 오늘 고마워서."

"아…… 네! 안녕히 계세요."

나름대로 애썼을 게 분명한 소윤이는 별말 없이 등을 돌려 집으로 향했다. 그 뒷모습을 나는 꽤 오래 바라보았다. 선생님이 미처 품어 주지 못한 영역을 또래 친구가 대신 메워 준 것 같았다. 소윤이의 너른 마음을 떠올리며, 사람과 사람이 서로를 품는 데 나

이나 위치는 그리 중요하지 않다는 것을 새삼스레 깨
달았다.

* . °

현장 체험학습은 하나의 추억으로 남았을 뿐, 그
날 이후 하림이가 달라진 건 없었다. 여전히 자기만
의 생활을 고집했고, 반복했다. 그래도 다행인 건, 하
림이가 '무사한 졸업'을 해냈다는 것이다.

교직에 있다 보면 아이들로 인해, 혹은 여러 이
유로 힘든 순간들이 찾아온다. 하지만 돌이켜 보면,
그 시간을 견디게 해 준 것 역시 아이들이었다. 순간
순간마다 은인처럼 나를 붙들어 주는 아이들이 있다
는 사실만으로도, 나는 다시 교실로 돌아갈 힘을 얻
는다.

<u>작가의 말</u>

첫 작품 《어느 교실의 멜랑콜리아》를 출간한 뒤, 인터뷰를 한 적이 있다. 교사들이 즐겨 보는 한 소식지에 실린 인터뷰였는데, 게시물 아래에는 무려 삼백 개가 넘는 댓글이 달렸다. 살아오며 그렇게 많은 대중의 관심을 받아 본 것은 처음이었다. 책의 주제가 환경이 어려운 아이들을 만났던 저경력 교사의 소회였던 만큼, 댓글의 대부분은 응원과 위로였다. 그런데 그 수많은 댓글 중에서도 유난히 시선이 머무는 글들이 있었다. 묘하게 결이 닮은 그 댓글들은 대부

분 교직 경력이 오래된 선배 선생님들이 남긴 것이었다. 내용은 대략 이러했다.

[저도 젊을 때는 반 아이들에게
이렇게 애정을 쏟을 때가 있었는데,
선생님을 보니 옛 생각이 나네요.]

[저도 어릴 때는 선생님 같았는데,
세월이 벌써 이렇게 흘렀네요.]

젊은 시절의 열정을 추억하는 댓글들을 읽으며 많은 생각이 스쳐 지나갔다. 그리고 모든 일에는 '때'가 있다는, 한 가지 자명한 사실을 깨달았다. 내가 첫 번째 책을 쓸 수 있었던 까닭은, 아직 마음에 굳은살이 단단히 붙지 않아 어려운 아이들의 모습이 비교적 선명하게 보이던 '때'였기 때문이었다. 시간이 흘러 그 '때'를 지나게 된다면, 나 역시도 무덤덤해지지 않을까. 그 자연스러운 흐름 앞에서 나만 예외일 것 같지는 않았다.

시간이 흐를수록 세상을 마주하는 감각이 조금씩 둔해진다. 때가 지난 뒤에는 힘을 들여 노력하지 않으면, 당연한 것은 너무 당연해서 보이지 않고, 외면하고 싶은 것은 애써 보지 않게 된다. 반짝반짝 빛나는 아이들의 순수한 모습 역시 시간이 흐르면 더는 알아채지 못하게 될 것만 같았다. 너무 당연해지거나 익숙해져서, 혹은 나와 상관없는 일처럼 느껴져서.

그래서 나는 교실에서 마주한 소중한 순간들을 열심히 모아서 세상과 나누고 싶었다. 아직 그 아름다운 모습들이 내 눈에 보일 '때', 지나치지 않고 붙잡아 두고 싶었다. 물론 내게 그 '때'가 더 오래 허락되어, 앞으로도 아이들의 순수함을 소중하게 느낄 수 있다면 그것 또한 감사할 일이겠지만.

아이들과 함께 지내는 일은 어렵지만, 분명히 매력적이다. '힘들다' '벅차다' 말하면서도 계속 아이들 곁에 머무는 까닭은, 아이들이란 존재가 지닌 특별함과 그 속에서 마주친 진심들이 애틋하기 때문일 것이다. 앞서 이 글이 독자분들께 '뽀빠이 과자 속 별사탕' 같은 만남이 되었으면 좋겠다고 적었다. 예상치 못한 순간 손에 쥐게 되는 작은 기쁨처럼, 이 글이 어느 하루의 끝이나 느슨해진 틈 사이에 조용히, 조금이나마 닿았기를 바란다.

책이 세상에 나올 수 있도록 애써 주신 박혜민 편집자님과 부키 출판사에 감사드린다. 그리고 사랑하는 우리 가족에게도 깊은 고마움을 전한다.

진심이 모이는 자리에서 비로소 빛이 생겨난다고 믿는다. 하나둘 모은 아이들의 진심이 봄기운처럼 스며들어 세상을 조금 더 따뜻하게 감싸 주기를 바라며 이 책을 마친다.

2026년 4월
박상아